―書き下ろし長編官能小説―

ぼくの部屋が人妻の溜まり場に

多加羽 亮

JN053166

竹書房ラブロマン文庫

目次

※この作品は竹書房ラブロマン文庫のために
書き下ろされたものです。

第一章　近所の人妻がおれの部屋に

1

三十冊ほどの漫画単行本をビニール紐で束ね、楠木繁昌《くすのきしげまさ》はふうとひと息ついた。

（とりあえずはこんなものかな）

今日は資源ゴミのうち、紙や雑誌などの回収日である。読み終えたもの、読んでないが今後も読むことのなさそうなものの一部を出すのだ。

そう、あくまでも一部である。

ここは繁昌が住む団地の一室だ。間取りは３ＬＤＫで、もともと和室だった他の三部屋は、すべてフローリングの洋間になっている。

そのうちのひとつ、玄関から一番近いこの部屋は八畳あり、出入り口側を除いた三方の壁のふたつを、天井まで届くスライド式の大きな本棚が占拠していた。

その本棚にぎっしりと並べられているのは、すべて漫画の単行本である。もうひとつの壁はウォークインクローゼットになっており、その中に積まれた半透明のケースの中にも、漫画本が詰まっていた。

床の半面には三畳分のラグマットが敷かれ、直径一メートル近いビーズクッションがふたつある。マットはクッション性もあるから、寝転がっての読書に最適な環境だ。おそらく漫画好きの人間ならば、ヨダレを垂らさんばかりに羨望《せんぼう》し、時間の許す限り読み耽《ふけ》りたくなるであろう。

繁昌自身は、そこまで漫画好きというわけではない。ただ、家にあるものを暇に飽かせて読んだため、漫画にはかなり詳しくなった。その知識を友人に披露して感心されたり、重宝されたりしたことはある。

現在二十歳《はたち》の彼は、大学二年生。卒業したらこの団地を出ることになっているので、それまでに要《い》らないものを処分する必要があった。

そこで、少しずつ資源ゴミに出すことにしたのである。一度に何百冊も出したら不法投棄を疑われるし、団地の住民にも回収業者にも迷惑がかかるだろう。常識の範囲内で処理しなければならない。

かくして、ふたつの束を両手に提げ、繁昌は部屋を出た。

東京の西部にあるこの団地は、昭和の時代に建てられたものだ。五階建ての棟が六つ並び、築五十年近い。

実は最初の入居者が出たあと、すっかり寂《さび》れていたのである。だが、近年に改装工事が行われ、外壁から内部まで新しくなった。キッチンとバス・トイレも近代的になったおかげで新しいひとたちが入り、部屋はほぼ埋まっているようである。

まあ、五階建てでもエレベータがなく、マンションのようなセキュリティーが望めないところが唯一の欠点か。最寄り駅からもバスで十分ほどかかるが、そのぶん家賃が安いから、特に家族世帯には有り難いはず。部屋数があるため、物が多い独り身にも重宝されていると聞く。

繁昌は、改装前からこの団地に住んでいた。六つの棟を順番に新しくしたため、当時の住人は改装が済んだところへ順番に移るというかたちをとり、特に支障なく住み続けられたのである。

もっとも、ずっと独りだったわけではない。かつては両親と自分の三人家族だった。

昨年、郷里で新たな事業を始めるからと、父も母も東京を離れた。高齢になった祖父母を世話するためもあったようだ。繁昌は大学があるのでこちらに残った。

多量の漫画本は、彼の父親が残していったものだ。

「おはよう、繁昌君」

収集場所に漫画の束を置いたところで、背後から声をかけられる。

「あ、おはようございます」

振り返ると、見知った笑顔があった。

(美保子《みほこ》さん――)

胸が高鳴る。彼女は同じ棟で、お隣に住む秋乃《あきの》美保子。昨年、夫婦でこの団地に引っ越してきた人妻だ。

顔見知りということもあり、こうして顔を合わせたときには挨拶を交わす間柄である。また、繁昌の両親が郷里に帰り、彼が独り暮らしをしていることも美保子は知っているため、不自由していないかと声をかけてくれることもあった。

そういう優しさが嬉しかったのは確かながら、繁昌はそれ以前から彼女に惹《ひ》かれていた。

三十五歳でも溌剌《はつらつ》として若々しく、ひと好きのする笑顔がチャーミングな人妻は、薄手のニットにジーンズという装いである。普段から彼女はパンツスタイルが多い。

そんな美保子のヒップラインに、繁昌は何度目を奪われたことだろう。

着衣でも丸々としたかたちの良さが際立つ、大きなおしり。成熟した女性の色香が、布越しでも匂い立つよう。

こんなふうに言葉を交わしたあとは、彼女が立ち去るのを飽きもせず見送るのが常だった。もちろん目当ては、ぷりぷりとはずむ豊臀である。

もともとおしりが特段に好きだったわけではない。思春期以降、異性と対面したときの視線は、自然と胸元に注がれた。他の男友達と同様に。

ところが、初めて美保子と会ったとき、繁昌の目はたわわなヒップに向けられた。その日は秋乃家が引っ越してきた日で、段ボール箱を抱えて階段をのぼる彼女を、背後から目撃したのが最初の出会いだったのだ。

ジーンズがはち切れそうな魅惑の丸みに、繁昌はすっかり魅せられた。吸い寄せられるように後ろをついていったとき、美保子がよろけて階段から転げそうになった。

繁昌は咄嗟《とっさ》に階段を駆けあがり、彼女のからだを支えた。事なきを得たことで感謝され、以来、麗《うるわ》しの人妻と言葉を交わすようになった。偶発的な出来事がふたりを近づけたばかりか、童貞大学生の関心を女性のおしりへと向けさせたのである。

繁昌は異性と交際したことがない。好きな子がいても告白できない気弱な性格ゆえ、キスも未経験のチェリーなのだ。美保子の豊臀に一発で釣られたのも、女体に免疫がなかったことと無縁ではあるまい。

その後は大学でも、パンツスタイルの女子学生を見かけると、ぷりっとした丸みに目がいくようになった。おかげで、

『ハンジョウって、女のケツばかり見てねえか？』

と、友人の吉田《よしだ》にも言われてしまった。ちなみに「ハンジョウ」とは、繁昌の名前を音読みにしたあだ名である。

ともあれ、それ以来、あからさまな視線を向けないよう気をつけている。

美保子は自分をおしり好きにした張本人であり、繁昌にとっては特別な存在と言える。そのため、彼女に訊《き》かれたことには、無条件で答える習性が身についていた。

「その漫画、捨てちゃうの？」

「あ、はい。もう読みませんので」

「かなりの量じゃない。繁昌君って、意外と漫画好きだったのね」

「そんな好きっていうほどのものじゃないんです。たまたま家にたくさんあるから読んでただけで」

「え、たくさん？」

「ウチの親、漫画喫茶を経営していたもので」

実業家と言えば聞こえがいいが、父親は飲食店を中心に、何店舗かを経営していたのである。本人は店に出ることなく、店長を雇って。

こう書くと羽振りのいい印象ながら、実際はそこまで裕福ではなかった。だからこそ一戸建てを買わず、団地に住み続けたのである。

漫画喫茶は、ネットカフェのように個室が完備されたものではない。その名のとおり、漫画が置いてある喫茶店である。

客が長居するため回転が悪く、コーヒー代など割高になっていたそうだ。それでも採算はとれていなかったらしい。漫画が好きだった父親の個人的な趣味と、節税のためにやっていたと聞いた。繁昌も小中学生の頃、そこで漫画を読み、店で出すカレーライスやスパゲティで夕食を済ませたことがあった。

結局、店は畳んだが、父は店の漫画をすべて家に持ち込み、書斎も兼ねたこの部屋をこしらえた。その後、デスクなどは処分して、漫画専用の部屋となったのである。

家に漫画が多量にあることは、友人にも教えなかった。彼らが入り浸り、溜《た》まり場になるのが目に見えていたからである。

「それじゃあ、部屋いっぱい、漫画があるの？」

説明を聞いた美保子が目を輝かせたものだから、繁昌はちょっと怯《ひる》んだ。

「え、ええ、まあ」

「だったら、その部屋を見せて」

麗しの人妻から前のめり気味に頼まれて、童貞青年が断れるはずがなかった。

「わかりました」

そんなに漫画が好きなのかなと首をかしげつつ、彼女を案内する。とは言え、ふたりとも家は四階で、同じ階段を使うお隣同士。玄関ドアも向かい合わせだった。

「お邪魔しまーす」

招き入れると、美保子が声を明るくはずませる。わくわくした笑顔に、繁昌も自然と胸がはずんだ。

玄関を入った右手側には洗面所やバス、トイレ、それからリビングダイニングキッチンがある。狭い廊下の左手側に並んだ三つの六畳間は、もともと真ん中が繁昌の部屋で、奥が夫婦の寝室だった。両親がいない今は、すべてひとりで自由に使っている。

そして、一番手前側が漫画ルームとなっていた。

「まあ、すごい」

目をまん丸にして室内を見回し、美保子が感嘆の声をあげる。すぐさま本棚の前に駆け寄り、どんな作品があるのかと眺め回した。

彼女は身を屈めたりのばしたりして、ジーンズのヒップをはずませる。そんなところを見せられると、もっと喜んでほしくなった。

「あと、こっちにもあります」

ウォークインクローゼットの折戸を開け、中にしまわれたぶんも見せると、美保子は財宝でも発見したみたいに驚嘆をあらわにした。

「こんなにたくさん……とっても読み切れないわ」

その言葉に、繁昌は（あれ？）となった。彼女がここで漫画を読むことが、決定事項みたいに聞こえたからだ。

とは言え、ここまで見せておきながら読ませないというのは、酷な話なのだが。

（まあ、美保子さんはオトナだし、入り浸ることはないか）

勤めには出ていないようでも家事がある。息抜きに漫画を読むぐらい、許可しても罰は当たるまい。

それに、素敵なおしりの人妻と、いっそう仲良くなれるかもしれないのだ。ここで一緒に漫画を読むのも楽しいだろう。

などと空想したものの、

「繁昌君、これから大学でしょ。わたしが留守番してあげるわ」

頼んでもいないことを安請け合いされ、さすがに面喰らう。

「え、留守番って?」

「わたしはここで本を読んでいるから、安心して行ってらっしゃい」

何のことはない。漫画を読みたいだけなのだ。

(美保子さんって、そんなに漫画好きだったのか)

意外ではあったが、親近感も湧く。

彼女は十五歳も年上だし、大人の女性である。親しくなりたいと願っても、自分などを相手にされまいと思っていた。

それが、漫画を介して距離が一気に縮まった感がある。だったらお望みどおりにしてあげるべきではないか。

とは言え、彼女と一緒に過ごすのならまだしも、留守宅に居座られるのは抵抗があった。この家は自分の城なのだから。

「お宅のほうはいいんですか?」

訊ねると、隣妻が渋い顔をつくる。ひょっとして家事をサボりたいのかと思えば、そんな単純な話ではなかった。

「正直言うと、あまり家にいたくないのよ」

「え、どうしてですか？」

「先月から、ダンナのお母さんがウチに来てるの、繁昌君も知ってるでしょ」

「ああ、はい。おれにも挨拶してくださいましたから」

そのときに、美保子の夫の父親が亡くなったため、ひとり残された母親が一緒に住むことになったという顚末を聞いた。

「もともとダンナの両親とは、いずれ二世帯住宅を建てて、いっしょに住む予定だったの。向こうも賛成してくれたし、それまで住んでいた家を売って、頭金もつくってくれたわ。それで、新しい家ができるまで、ふたりはアパート住まいをするってことになってたんだけど」

二世帯住宅の準備も進まないうちに義父が亡くなり、義母を団地に迎え入れることになったのだという。まだ宅地も見つかっていないため、当分は姑《しゅうとめ》と同居しなければならないと、美保子はげんなりした面持ちで言った。

「お義母《かあ》さんはいい方だし、いっしょに住むのはべつにかまわないの。家事もやってくれるから。だけど、やっぱり気を遣《つか》うじゃない。四六時中顔を合わせていたら、ストレスも溜まるし」

「まあ、それは」

「わたしはもともとボランティア活動で外に出てたんだけど、活動は毎日じゃないの。嘘をついて外出はできても、お金がかからず時間を潰せるところなんてまずないでしょ。だから、ここはわたしにとって、理想そのものの場所なのよ」

事情を説明し終えると、彼女は両手を合わせた。

「そういうことだから、ここにいさせてもらってもいいよね？」

密かに憧れていた女性から愛らしくお願いされ、断れるはずがない。

「わかりました……」

やむなく承諾した繁昌は、この先に起こるカオスな出来事など、少しも予想しなかったのである。

2

友人とランチを済ませたあとに大学を出たので、団地に帰ったのは午後の早い時間であった。

「ただいま」

独り住まいにもかかわらず、律儀に帰宅の挨拶をしたのは、玄関に自分のものではないシューズがあったからだ。

（美保子さん、まだいるんだな）

留守番をすると約束したのである。鍵もあずけていないし、不在にされたらそっちのほうが困る。

ところが、声は聞こえたはずなのに、何の返事もなかった。

ひょっとして、漫画の読み疲れで眠ってしまったのか。だったら起こさないようにと、静かに漫画ルームのドアを開けたところ、人妻は巨大なクッションに腹這いで乗っかり、漫画に夢中であった。

「ただいま」

もう一度声をかけると、こちらを振り返ることなく「お帰り」と言う。しかも、まったく抑揚のない口調で。

（いったい何を読んでるんだろう……）

気になったものの、へたに覗き込んだら、邪魔をするなと叱られるかもしれない。自分の家なのに、繁昌は遠慮するしかなかった。

とは言え、彼女がこちらに注意を向けないのは、ラッキーでもあった。

（ああ、美保子さんのおしり……）

クッションに俯《うつぶ》せになったことで、ヒップが高々と持ちあがっている。それが無意識にか左右に揺すられ、煽情《せんじょう》的なダンスを披露していたのだ。

繁昌はコクッとナマ唾《つば》を呑み、もうひとつのクッションをそろそろと移動させた。人妻の山高尻を見物するのに最適な場所へと。それから本棚の前に進み、

「おれも何か読もうかな」

わざとらしい独り言を口にして、漫画を選ぶ。この状況に相応《ふさわ》しい、青年向けのコミックを手に取った。

それは若い男がお隣の人妻に見そめられ、性の手ほどきを受けるという、己《おのれ》の願望そのものみたいな作品である。パラパラとめくって確認すれば、さすがに性器や結合部分は白抜きになっているが、エロチックなシーンは満載だ。

繁昌はクッションに腰を下ろし、柔らかなそれにからだをあずけて漫画を開いた。

どうやらその漫画家も、おっぱいよりもおしり派のようである。主人公が見とれる隣家の人妻は、美保子と同じくジーンズがパッツパツで、ヒップの充実具合が丁寧な筆致で描かれていた。おかげで感情移入がしやすい。

おまけに、すぐ隣には実物の熟れ尻がある。漫画のように脱がせることはできずとも、匂い立つようなリアリズムが昂《たかぶ》りを煽《あお》った。

（これ、エロすぎる）

漫画と現実の相乗作用で、繁昌は勃起しっぱなしであった。痛いほどに膨張した分身は粘っこい先走りを溢れさせ、ブリーフの内側はベトベトだ。

一刻も早くズボンとブリーフを脱ぎおろし、強《こわ》ばりきったイチモツをしごきたかった。しかし、いくら美保子の目がこちらに向いておらずとも、そんな危険な真似ができるわけがない。

漫画の人妻なら青年のオナニーを目撃し、ワタシが慰めてあげると迫ってくるであろう。だが、現実とフィクションは違うのだ。劣情に負けて妙な期待を抱いたら、取り返しのつかないことになる。

彼女が帰ったら、心ゆくまでオナニーをしよう。早く出て行ってくれないだろうか。いや、もうちょっとおしりを眺めていたいという、相反する欲求の間で悶々としていると、

「ふう」

いきなり美保子が息をついたものだから、心臓が停まるかと思った。漫画を読み終えたのだ。

「え⁉」

からだを起こしてこちらを振り返るなり、彼女が驚きをあらわにする。

「繁昌君、帰ってたの？」

帰宅の挨拶に答えてくれたはずなのに、まったく憶えていないらしい。あれは無意識に発せられた返答だったのか。

「ええ、はい」

「びっくりした。黙ってないで、ただいまくらい言ったら？」

「言いましたけど。美保子さんも、お帰りって答えてくれましたし」

さすがに憮然として言い返すと、人妻がちょっとうろたえる。

「え、そうだったの？」

漫画に夢中で気がつかなかったのだと、ようやく理解したようだ。バツが悪そうに顔を歪める。

「まだ帰らなくてもいいんですか？」

そう訊ねたのは、勃起がおさまっておらず、一刻も早くオナニーをしたかったからである。

「今何時？」

壁の時計を見あげ、美保子が安堵の面持ちを見せる。

「まだ三時前じゃない。あと二、三冊は読めるわね」

長居する意志をあからさまにされて、繁昌は大いに落胆した。すると、

「ひょっとして、わたしがここにいたら邪魔かしら？」

彼女が困惑げに首をかしげたものだから、焦ってかぶりを振る。射精したくてたまらないのを、見透かされた気がしたのだ。

「そ、そんなことありません。ごゆっくりどうぞ」

「本当にいいの？」

美保子がにじり寄ってくる。繁昌は反射的に脚を閉じ、股間を隠した。昂奮《こうふん》状態なのを見られたらまずいからだ。

「ねえ、お願いがあるんだけど」

彼女がやけに顔を近づけてきたものだから、繁昌はどぎまぎした。人妻の甘ったるい体臭と、かぐわしい吐息を嗅がされたためもあった。

「な、何ですか？」

「ここの家の鍵って、繁昌君が持っているやつの他に、まだあるでしょ」

「ああ、はい」

「それ、わたしに貸してくれない？　いつでもここに来て漫画が読めるように」

この頼みには、さすがに難色を示す。美保子を信用していないわけではないが、親族でもない人間に合鍵を渡すなんて不用心すぎる。

「いや、それはちょっと」

やんわり断ると、眉をひそめられた。

「やっぱり、わたしがいると邪魔なのね」

「違います。そういうことじゃなくて」

「心配しなくても、彼女を連れ込んだときには遠慮するわよ」

ピントはずれの返答に、繁昌はあきれ返った。

「彼女なんていませんから。おれが言いたいのは――」

「彼女がいないってことは、アッチの処理はどうしてるの？」

説明を遮られた上に、まったく関係のないことを訊ねられ、返答に詰まる。そもそも、簡単に答えられるようなことではない。

だが、人妻は容赦せず、質問を畳みかけた。

「繁昌君って、セフレとエッチするようなタイプじゃないし、やっぱり自分でシコシコしてるの？」

興味津々《しんしん》の眼差《まなざ》しで露骨なことを口にされ、繁昌はうろたえるばかりであった。

（何を言ってるんだよ、美保子さん……）

まさか本当に、オナニーがしたいのを見抜いていたのか。

「あのね、繁昌君が鍵を貸してくれたら、わたしがそっちのお世話をしてあげてもいいのよ」

美保子が不意に色っぽい眼差《まなざ》しを浮かべる。その上、淫らな提案までされて、頭に血が昇った。

（え、美保子さんが――？）

読んでいた漫画のように、いやらしいことをしてくれるというのか。お世話なんて言うぐらいだから、少なくともペニスをしごいてくれそうである。

自分でするよりも、人妻の柔らかな手でしてもらうほうが気持ちいいに決まっている。何も経験がない繁昌にも、そのぐらいは容易に想像できた。

今の彼は、目の前に快楽という名のニンジンをぶら下げられたも同然である。これを拒めるほどの人格者でもなかった。

（ひょっとして、初体験もさせてもらえるかも）

そんな期待も後押しとなり、

「わ、わかりました」

繁昌はあっ気なく陥落した。

「それじゃ、さっそくしてあげる」

文字どおり降って湧いた展開は、まさに夢のごとし。現実感が著《いちじる》しく希薄であった。そのため、ズボンに手をかけられ、

「おしりを上げて」

命じられたのにも、後先考えることなく従ってしまう。

「え、もう勃《た》ってたの？」

驚きを含んだ声で、ようやく我に返る。気がつけば、ズボンとブリーフをまとめて脱がされていた。

「あ、ああ、あの」

焦っても、すでに遅い。下腹にへばりつかんばかりに反り返るイチモツを、初めて女性の前で晒《さら》したのだ。

はち切れそうにふくらんだ頭部は、多量にこぼした先走りにまみれ、粘膜がいっそう赤く生々しい。筋張った肉胴にも血管が浮いて、かなり凶悪な眺めであったろう。

だが、ひと回り以上も年上の人妻が、この程度のもので怯むはずがない。むしろ惚《ほ》れ惚《ぼ》れしたという面差しで手を差しのべ、猛《たけ》るものに白い指を巻きつけた。

「うああっ」

快感の衝撃が脳天を貫く。繁昌はのけ反り、腰をガクガクとはずませた。

（……おれ、美保子さんにチンポを握られてる）

柔らかく包み込まれる感触の、なんと快いことか。想像したとおり、自分の手など比べものにならない。

「すごく硬いわ、繁昌君のオチンチン」

美保子が握り手に強弱をつける。その感触で、分身がベタついているとわかった。海産物っぽい独特の匂いが、彼女の手についてしまったに違いない。

それを申し訳ないと思ったとき、艶っぽく細まった目が見つめてきた。

「ねえ、どうしてこんなにガチガチになってたの？」

触れてほしくなかったところを問われて、反射的に目を逸らす。そのため、後ろ暗いことがあると見抜かれてしまったようだ。

「アタマのところ、ガマン汁でヌルヌルになってたし、もうずっと勃起してたみたいじゃない。ひょっとして、いつもここをおっきくしているの？」

それでは性欲魔人の変態である。いやらしい漫画を読んでいたせいだと説明するため、繁昌は脇に置いた本を手に取ろうとした。そのとき、思いもしなかったことを告げられる。

「それとも、またわたしのおしりを見てたの？　ここに坐ってたら、そっちにいたわたしのおしりがよく見えただろうし」

恥ずかしい事実を指摘され、軽いパニックに陥《おちい》る。『また』ということは、前々から熟れたヒップを窃視されていたのに気がついていたのか。

「わたし、視線には敏感なほうだから、そういうのってけっこうわかるのよ。後ろからならバレないと思ってたかもしれないけど、特に若い男の子は目ヂカラが強いし、ビビビって感じちゃうの」

やはりわかっていたのだ。繁昌は情けなさにまみれ、「ごめんなさい」と謝った。

「ああ、いいのよ。べつに責めてるわけじゃないんだし。むしろ、繁昌君みたいに若い子が注目してくれるのなら、わたしもまだまだイケてるのねって、うれしかったぐらいだもの」

笑顔で言われて、少しは立ち直る。しかしながら、これからは気をつけようと肝に銘じた。美保子以外にも、視線に敏感な女性がいるかもしれないのである。

「それに、わたしのおしりでこんなになってくれたのなら光栄だわ」

言ってから、彼女がいいことを思いついたというふうににんまりする。

「ねえ、ここに寝てちょうだい」

「あ、はい」

繁昌はラグマットの上に仰向《あおむ》けで寝そべった。足首で止まっていたズボンとブリーフを奪われ、下半身をソックスのみの格好にさせられる。

（うう、こんなのって……）

自分だけ脱いでいるものだから、恥ずかしくてたまらない。すると、美保子が膝立ちで胸を跨《また》いできた。たわわな丸みを、顔の前に差し出すようにして。

（わわわっ）

恋い焦《こ》がれていた人妻尻が、かつてない距離で迫ってきたのだ。繁昌は驚くと同時に、激しい昂りにまみれた。

「わたしのおしりを見て、いっぱい気持ちよくなりなさい」

誘うように腰をくねらせてから、美保子が屹立《きつりつ》を握る。手を上下させ、目のくらむ快さを与えてくれた。

（これは……天国じゃなかろうか）

魅惑の丸みを間近で見られるばかりか、ペニスまでしごかれているのだ。女性にとんと縁がなかった身には、信じ難い状況である。

仮に、性的な奉仕をしてもらえないとしても、美保子のおしりを眺めながらオナニーをすれば、時間をかけることなく発射したはずである。まして、柔らかな手で悦《よろこ》びを与えられたら、長く持たせるのは著しく困難だ。

(うう、まずい)

早くも果てそうになって、繁昌は歯を喰い縛《しば》った。せっかく気持ちよくしてもらっているのに、早々に爆発するなんてもったいない。もっと長く愉しみたかった。

何より、美保子に早漏だと馬鹿にされたくない。

「本当に硬いオチンチンだわ。ダンナのとは大違いね」

感心した口振りで言われ、そうなのかなと疑問を抱く。夫は彼女と同い年ぐらいだし、精力が衰えるような年齢ではない気がしたからだ。そもそも、こんな素敵な奥さんが相手なら、自分だったら毎晩ギンギンであろう。

しかし、そんなことが考えられたのは、ほんの短時間であった。

(うう、駄目だ)

いよいよ切羽詰まり、腰をガクガクと揺すりあげる。目の奥で快美の火花が幾度も散った。

「み、美保子さん、出ちゃいます」

限界であると訴えても、手淫の施しが続けられる。美保子は包皮を巧みに上下させ、適度な刺激で亀頭を摩擦した。

閨房《けいぼう》で身につけたであろうテクニックで攻められて、童貞青年が太刀打《たち》できるわけがない。歓喜の波が押し寄せ、秘茎の根元が甘く痺れた。

(ええい、だったらかまわないさ)

彼女は明らかに射精させるつもりでいる。ならばここは、流れに従うのみだ。

繁昌は忍耐の手綱を放した。ジーンズのヒップに熱望の眼差しを注ぎ、めくるめく瞬間を迎えたとき、亀頭に指とは異なる感触があった。

(え？)

それが何なのか、答えを出す余裕もなく、熱い滾《たぎ》りがペニスの中心を貫いた。全身が蕩《とろ》けるような愉悦《ゆえつ》を伴って。

「ああ、ああ、あああ」

ザーメンをびゅるびゅるとほとばしらせながら、繁昌はだらしなく声をあげどおしであった。青くさい牡汁が、どれほど飛んだのかもわからぬまま。

だが、尖端を吸引されるのがわかり、ようやく察する。

(美保子さん、おれのを口で——)

亀頭に触れたのは唇だったのだ。白濁液であたりを汚さないよう、発射されたものをすべて口で受け止めたらしい。

強く締まった指の輪が、根元からくびれ方向に動く。尿道に残ったぶんが絞り出され、鈴口を執拗に舐《な》められた。

「うあ、あ、くううう」

射精後の過敏になった粘膜を刺激され、くすぐったさを強烈にした快感が生じる。オルガスムスが長引き、からだのあちこちが感電したみたいにわなないた。

最後にひと吸いして、美保子が上から離れる。

「ふはっ、は――ハァ」

繁昌は胸を大きく上下させ、なかなかおとなしくならない呼吸を持て余した。すると、艶っぽい笑みを浮かべた美貌が、顔を覗き込んでくる。

「繁昌君の精液、すっごく濃かったわ。喉に絡んで飲みづらかったし、やっぱり若いのね」

仮に褒めているつもりであっても、繁昌は居たたまれないだけであった。彼女が牡のエキスを、すべて胃に落としたとわかったからだ。

(……美保子さんは、旦那さんのも飲んだことがあるんだな)

三十代の夫と比較しての感想なのだと考えて、いや、そうとも限らないのだと気がつく。自分と同じぐらいの年に、同世代の男とこういうことをして、そのときのことを思い出したのかもしれない。

（けっこういやらしいひとなのかも）

漫画を読むのと引き換えに、性的な奉仕を買って出たぐらいなのである。もともと奔放だったのだ。

彼女を貶《おとし》めるつもりで、そんな決めつけをしたわけではない。淫らな女性ということにしないと、精液を飲まれた罪悪感が消せなかったのだ。

3

美保子がいったん部屋を出る。洗面所のほうに向かったようだから手を洗い、口もゆすぐのであろう。

繁昌は絶頂後の虚脱感がなかなか引かず、下半身を晒したまま横になっていた。

「あら、まだぐったりしてるの？」

戻ってきた彼女が、あきれた面持ちを見せる。その手には、濡らして絞ったらしきタオルがあった。

「だって、すごく気持ちよかったから……」

口ごもり気味の弁明が聞こえなかったのか、美保子は無言で腰の脇に膝をつくと、股間を拭いてくれた。

淫らな施しを受け、股間は蒸れていた。そのせいか、濡れタオルが心地よい。

「ああ」

繁昌はうっとりして身を任せた。特に腿《もも》の付け根と陰嚢《いんのう》の境界部分、汗じみたところを拭《ぬぐ》われると、痒《かゆ》いところを掻《か》かれるのに似た気持ちよさがあったのだ。

おかげで、海綿体に血液が流れ込む。

「元気ね。またふくらんできちゃった」

美保子が頬を緩める。面白がるみたいに包皮を剝《む》いて、亀頭をタオルで直にこすった。それから、敏感なくびれ部分も。

「うあ、あ、あああ」

ザラッとした感触がたまらなくて、自然と声が出る。たっぷりと出したばかりなのに、またもペニスが伸びあがった。

「まあ、勃っちゃった」

そうなるように刺激しておきながら、人妻が他人事《ひとごと》みたいに言う。五本の指で屹立を摑《つか》み、強弱をつけて漲《みなぎ》り具合を確認した。

「若いっていいわね。すぐにオチンチンが硬くなるから」

羨望の混じった口調に、繁昌は気になっていたことを訊ねた。

「旦那さんのは、すぐに硬くならないんですか？」

質問に、美保子が表情を曇らせる。あ、まずいことを訊いたのかなと、繁昌は後悔した。

「そりゃ、もう四十近いんだし、二十歳の大学生とじゃ比べものにならないわ。ていうか、わたしの相手もしてくれなくなったし」

相手というのが夜の営みを指すのだと、繁昌も理解できた。

「え、それじゃ」

「セックスレス。前々からその傾向はあったんだけど、お義母さんが同居してからは一回もないの。してるのを聞かれたくないんでしょうね」

一軒家に住み、寝室が一階と二階で離れているのならまだしも、団地に住んでいるのである。声や物音は抑えられても、気配までは消せないのではないか。

（美保子さん、欲求不満なのかも）

夫に抱いてもらえず、しかも姑と同居することで、彼女はかなりのストレスを溜め込んでいるのではないか。こうして若いペニスに手を出したのも、満たされない欲求を発散するためだと考えられる。

さりとて、そんなことを口にしようものなら、美保子は馬鹿にしないでと気分を害するであろう。ここは年上を立てて黙っておくべきだ。

と、まるでこちらの内心を察したみたいに、彼女が睨《にら》んでくる。

「何を考えているの？」

「あ、いえ、べつに……」

狼狽《ろうばい》を包み隠したつもりが、視線がやけに冷たい。まずいことになったと、繁昌は首を縮めた。

「フン」

鼻を鳴らした美保子が、強ばりから手を離す。機嫌を損ねたものだから、これで終わりなのか。

(ああ、そんな)

落胆した繁昌であったが、彼女がすっくと立ちあがり、自身のジーンズの前を開いたものだからドキッとする。

「今度は繁昌君が気持ちよくしてくれる番よ」

言い放った人妻が、熟れ腰からボトムを剝きおろす。黒いパンティとむっちりした太腿があらわになり、自然と目が見開かれた。

(……え、おれの番って？)

つまり、年下の男に奉仕させるつもりなのか。想像どおりに欲求不満なのだとすれば、ずばりセックスで。

初体験のチャンスが到来したのだと悟り、繁昌は有頂天になった。だが、美保子は彼の腰ではなく、胸を跨いだのである。

(なんだ？)

黒い薄布が張りついたヒップを見あげていると、それが目の前に落っこちてきた。

「わっ」

思わず声をあげた次の瞬間、視界が黒一色となる。同時に、柔らかな重みが顔を押し潰した。

「むううっ」

鼻と口を完全に塞がれ、反射的にもがく。けれど、なまめかしい匂いが鼻奥にまで流れ込んだことで、意識が遠のきかけた。

汗をまぶした趣《おもむき》の果実臭。熟れすぎてケモノっぽいそこには、オシッコの残り香もかすかに含まれていた。

（ああ、これは……）

パンティのクロッチに染み込んだ、女芯の生々しいパフューム。それをまともに嗅がされているのだ。

童貞の繁昌にとっては荒々しすぎる女体の神秘。正直、いい匂いに分類できるものではあるまい。にもかかわらず、こうして人妻尻に騎乗されたまま、ずっと嗅いでいたい気にさせられた。

（美保子さんのアソコは、こんな匂いなのか）

できるならばパンティも脱いでもらい、直に淫臭を吸い込みたい。しかしながら、彼女は恥ずかしい匂いを嗅がせるために、顔面騎乗をしたわけではなかったらしい。

「あん、オマンコに息がかかるぅ」

卑猥な言葉を口にして、腰を前後に振り出す。鼻や唇に、敏感なところをこすりつけているのだとわかった。

「あ、あ、感じる」

艶声とともに体重がかけられ、湿ったクロッチに鼻面《はなづら》がめり込む。要は、顔をオナニーの道具にされているのである。

だが、繁昌は屈辱だと思わなかった。快感で熱を帯びた女芯が、いっそう猥雑な匂いを放ちだしたのに加え、いつも目を奪われた大きな臀部が、顔の上でぷりぷりとはずんでいたからである。

（ああ、美保子さんのおしり）

ナマではなく下着越しなのがもの足りないが、柔らかさや弾力が感じられるまで密着しているのだ。昂るのも当然で、股間の分身がはしゃぐみたいに小躍りした。

そこに、再び柔らかな指が巻きつく。

「すごいわ。さっきよりも硬いじゃない。お汁もこんなにこぼしちゃって」

人妻はかなり驚いているようだ。繁昌も、いつになく猛々しいのを自覚していた。

「そんなにわたしのおしりが好きなの？　それとも、オマンコの匂いに昂奮してるのかしら」

もちろん両方なのであるが、そんなことは彼女もわかっていたのだろう。だからこそ、こんな破廉恥《はれんち》な体勢をとったのだ。

「むー、ううう」

勃起をゆるゆるとしごかれ、繁昌は呻《うめ》いた。目がくらむほどの昂りに苛《さいな》まれていたものだから、早くもイキそうになったのである。

それを察したらしく、美保子が屹立の根元を強く握った。

「まだイッちゃダメよ。わたしがイクまで我慢しなさい」

腰振りを再開させ、より激しい動きで陰部を摩擦する。尻に敷いた男が酸素の確保に苦労することなど、少しも配慮しなかった。

「ああ、あ、いい、もっとしてぇ」

などと言いながら、自分で動いているのだ。完全受け身の繁昌には、どうすることもできなかった。

それでも一矢報いたくなり、頭を左右に振ってみる。

「くううう、それいいッ」

鼻の頭が恥割れに深くめり込んだようで、喘ぎ声のトーンがあがる。たわわな尻肉も、ビクッ、ビクッとわななかいた。

年上の女性を感じさせられたのが嬉しくて、繁昌は頭を振り続けた。かなり疲れるが、呼吸は楽になる。

一方、美保子のほうも、順調に高まっているようだ。

「う、ううっ、ああ」

嬌声《きょうせい》が本棚に反響する。この部屋はお隣と接していないから、彼女の義母に聞かれる心配はない。だからこそ、あられもなくよがっているのではないか。

「あん、い、イキそう」

呼吸をハッハッとはずませて、人妻が頂上へ向かう。時間がかからなかったのは、彼女もそれだけ昂っていたためであろう。

「うあ、あ、ハッ——い、イクイク、うううっ」

内腿で繁昌の顔を強く挟み込み、柔肌を細かく痙攣《けいれん》させる。しとどになったクロッチの向こうで、新たな蜜がじゅわりと溢れたのがわかった。

「はあ」

深い息をついて、美保子が崩れ落ちる。繁昌の隣に転がり、横臥《おうが》して脇腹を上下させた。

(イッたんだ……)

初めて目の当たりにした、女性の絶頂。自分も手伝ったことで、幾ばくかの成就感を味わえた。

彼女は下半身をこちらに向けていた。黒いパンティが女陰や臀裂に喰い込み、Tバックみたいに尻肉がはみ出していた。

エロチックな光景に劣情が沸き立つ。ペニスは最高の硬度を保ったままで、これを女体に挿入したい熱望がふくれあがった。

(美保子さん、セックスさせてくれないかな)

一度達したから満足したのだろうか。いや、成熟したボディは、さらなる快感を欲しがっているのではないか。現に、むっちりした腰回りや太腿が、名残惜しむみたいに痙攣している。

もしも繁昌が欲望本位の男だったら、彼女のパンティを毟《むし》り取り、許可も得ず犯しているところだ。しかしながら、そこまで身勝手な人間ではない。

何よりも経験がないから、まごつくに決まっている。最悪、挿《い》れる前に爆発するかもしれない。

どうにかしてくれとせがむ分身を握り、美保子の下半身を眺めながらしごく。射精するためではなく、手持ち無沙汰だったからそうしたまでのこと。

だが、顔面騎乗と手コキでイカされそうになったあとだったために、危うく昇りつめるところだった。

(いや、駄目だって)

精液を出したい欲求は高まっていたものの、自らの手で果てるなんて虚《むな》しすぎる。

まだ何かしてもらえるかもと期待を残し、強ばりの根元を握りしめた。

そのとき、いきなり美保子が身を起こし、こちらを見る。

「どうして自分でしてるの？」

訝《いぶか》る目を向けられ、焦って右手をはずす。みっともないところを目撃され、頰が熱く火照《ほて》った。

「一回イッたぐらいじゃ、わたしは満足できないんだからね」

腰を重たげに浮かせ、にじり寄ってくる人妻。密かに想像したとおり、さらなる悦びを欲しているようだ。

（てことは、させてくれるのか）

自分が飢えたケモノみたいに、浅ましい顔をしているのは見なくてもわかった。陽根も待ってましたとばかりに反り返り、下腹をぺちぺちと叩く。

それをしなやかな指で捉えた美保子が、腰に跨がってくる。

（あれ？）

繁昌は怪訝《けげん》に思った。彼女はパンティを穿いたままなのだ。これでは挿入など無理である。

あるいは、まだ本番はおあずけなのかとがっかりしたとき、美保子が左手の指をクロッチに引っ掛け、ぐいと横にずらした。

「あ――」

黒々とした恥叢《ちそう》が目に入り、胸が高鳴る。握られたイチモツも、ビクンと反応した。

「ねえ、繁昌君って経験あるの？」

セックスのことを問うているのだと、すぐにわかった。

「……いえ、ありません」

正直に答えると、彼女が満足げな笑みを浮かべる。最初からわかっていたという顔つきだ。

「じゃあ、繁昌君の童貞、わたしがもらうわね」

美保子は腰の位置を下げ、そそり立つモノの切っ先を自身の底部にあてがった。前後に動かして恥割れにこすりつけ、亀頭粘膜を温かな蜜で湿らせる。

（おれ、いよいよ体験できるんだ）

喜びと期待が胸に満ちる。ひゃっほうと叫びたいほど嬉しかったが、そんな恥ずかしい真似はできない。ただ、分身は素直な感情をあらわにしていたようだ。

「繁昌君、昂奮しすぎ。オチンチンが壊れそうに脈打ってるわ」

咎めるような視線を向けられても、繁昌は対処のしようがなかった。麗しい人妻との初体験を前にして、落ち着いていられる男がいたらお目にかかりたい。

「それじゃ、この元気なオチンチンを、オマンコに挿れさせてあげる」

卑猥な台詞《せりふ》に頭がクラクラする。女性器を示す淫語は、さっき聞かされた以上にリアルな響きを伴っていた。ペニスとふれあっているそこに、いよいよ入るとわかっているから、そんなふうに感じたのだろう。

できれば挿入前に女性器の佇《たたず》まいを確認したかったし、パンティも脱いでもらいたい。だが、余計なことを言って彼女の気分を害してはいけないと、繁昌は息を詰めてその瞬間を待ちわびた。

真上を向かされたイチモツに、体重がかけられる。濡れたところに亀頭がもぐり込んで、熱さが徐々に広がった。

「あん、久しぶり」

美保子も高揚した面持ちを見せている。姑と同居して以来夫婦の営みはなかったようだから、最低でも一ヶ月はセックスから遠ざかっていたのだ。

たっぷりと濡れた蜜穴が、牡の漲りを呑み込む。間もなく、亀頭の裾野《すその》が狭い入り口を乗り越えた。

「あはぁっ！」

のけ反った人妻が、ヒップを一気に落下させる。もっちりした重みを股間で受け止めるなり、筒肉にまといつく濡れた粘膜が、キュウッとすぼまった。

「ああ……」

繁昌も感嘆の声を洩《も》らした。彼女と深く結ばれたのを実感し、感動がこみあげる。

(おれ、男になったんだ！)

童貞とオサラバした喜びと、初めての相手が魅力的な年上女性であることへの誇らしさで、彼は得意の絶頂にあった。そのため、急角度で上昇する。

(あ、まずい)

限界が迫り、美保子の太腿を両手でがっちりと摑む。彼女がすぐにでも動き出しそうな気がしたからだ。

「え、どうしたの？」

戸惑った面持ちを向けられ、繁昌は息をはずませながら、「もう、出そうなんです」と打ち明けた。だらしないのは承知の上だが、このまま膣《ちつ》内で射精するわけにはいかない。

すると、美保子が身を乗り出すように顔を覗き込んでくる。繁昌の両側に手をついて、艶然とほほ笑んだ。

「いいわよ。出しなさい」

そう言って、腰を前後に振り出す。快い摩擦に、繁昌は「あうう」と呻いた。

（……いいのか？）

愉悦にひたりながらも、戸惑わずにいられない。

中出しを許可したということは、妊娠の心配はないのだろう。だが、一度絶頂したぐらいでは満足できないと、彼女は言ったのだ。てっきり、セックスでも昇りつめるつもりだと思ったのに。

とは言え、繁昌はこれが初体験なのである。人妻を満足させる自信などない。

美保子は最初から、隣人の青年がチェリーだと見抜いていたようだ。筆下ろしをしてあげたいと思いつつ、それが目的だと悟られたくなくて、欲望に駆られての行為を装ったのかもしれない。

などと、彼女の真意を想像するあいだに、熟れ腰が上下にはずみ出す。意識してそうしたのか、内部の締まりがキツくなった。

「あ、あ、あ」

強烈な摩擦感に、繁昌はのけ反って声をあげた。

パンパンパン……。

リズミカルに打ちおろされるヒップが腿の付け根にぶつかり、湿った音を立てる。抉《えぐ》られる蜜穴も、ぢゅぷッと卑猥な音をこぼした。

「あん、オチンチン、また硬くなった。イキそうなんでしょ」

愉《たの》しげな問いかけに答える余裕などなく、ただ息を荒ぶらせるのみ。喜悦の高波が押し寄せ、何も考えられなくなった。

「ああ、あ、いきます。で、出る」

腰をぎくしゃくと跳ねあげて、繁昌は射精した。熱い体液を、女体の奥へと噴きあげる。

「あ、あ、出てるぅ」

牡のほとばしりを感じたのか、美保子が悩ましげに眉根を寄せる。あるいは、強ばりがビクンビクンとしゃくりあげたからわかったのか。

目のくらむ快美にまみれ、幾度もザーメンを放ちながら、繁昌は身をよじった。熟れ妻が休みなく尻を上げ下げし、絶頂ペニスを狭穴でこすり続けたからである。

「うあ、あ、あああ」

からだがバラバラになりそうな、かつて味わったことのないオルガスムス。声をあげ、喉を嵐のごとく鳴らしても、美保子はリズミカルな腰づかいを継続させた。

（これ、すごすぎる……）

オナニーでも、射精しながらしごくのが一番気持ちいい。繁昌が味わったのは、それ以上に強烈で、狂おしいほどの快感であった。体内のすべてのエキスを搾り取られるのではないかと、恐怖すら覚えた。

そのため、ようやく逆ピストンが停止したとき、精気を全部吸われたみたいにぐったりとなったのである。

「ふはっ、はっ、ハァ」

呼吸がなかなか収まらない。動悸《どうき》も激しいままで、ひょっとして死ぬのかと思った。

「どう、初めてのエッチは？　気持ちよかったでしょ」

能天気な問いかけに、軽い苛立《いらだ》ちを覚える。初めてなのにあそこまでするなんてと、男にしてくれた感謝も薄らぐ気がした。

ヒクン――。

下半身に脈打ちを感じて、（あれ？）となる。未だ女体の中にある分身が、膨張を解いてなかったのである。

「でも、オチンチンはまだ満足してないみたいね」

美保子が悪戯《いたずら》っぽく目を細める。こうなることがわかっていたかのように。

（そうか。チンポが萎《な》えないように、ずっと刺激していたんだな）

以前にもこんなふうに男を翻弄《ほんろう》し、続けざまのセックスを可能にしたのだろうか。

抜かずの二発目に突入するのかと思えば、彼女が腰をそろそろと浮かせる。秘茎が膣口からはずれると、素早くクロッチを元に戻した。

「ふう」

ひと息ついて繁昌の上から離れると、さっきの濡れタオルを拾いあげる。裏返してたたみ、使っていなかった面でペニスを清めた。

執拗な摩擦の名残か、陽根は全体に赤みを帯びていた。力強さを保ち、タオルでこすられると雄々しい脈打ちを示す。

「ふふ、元気」

美保子はタオルをはずすと、屹立の真上に顔を伏せた。

「ああ」

敏感な器官をすっぽりと頬張られ、総身がブルッと震える。舌がまつわりつき、生き物のように動かされることで、泣きたくなるような快さが広がった。

（……おれ、フェラチオされてる）

さっきも口をつけられたが、あれは先っちょのみだった。本格的なおしゃぶりは、これが初体験である。

女性の口で奉仕されることに、繁昌はセックス以上の憧れを抱いていた。唇をペニスで穢《けが》すなんて、性器で繋《つな》がるよりも背徳的である。また、未知の存在である膣への挿入よりも、気持ちよさを想像しやすかったためもあった。

だったら自分でできないかと、からだを折り曲げて何度トライしたことか。その憧れの行為を、美しい人妻から施されているのである。

口に入れた漲り棒に、美保子が舌をねちっこく絡みつける。感じやすいくびれを狙い、ニュルニュルと。さらに、唇をすぼめて頭を上下させた。

ぢゅ……ちゅぷ――。

卑猥な濡れ音が口許《くちもと》からこぼれる。肉根が甘い痺れにまみれ、繁昌は身をよじった。

(気持ちいい……最高だ)

蕩けるような喜悦に、性の深淵に足を踏み入れた心地になる。ここまで至れり尽くせりの初体験ができる男など、そういないのではないか。

「あうっ」

新たな悦びに、たまらず喘いでしまう。しなやかな指が、牡の急所に触れたのだ。そこも快いポイントであると、初めて知った。

どちらかと言えばくすぐったく、痒いところを掻かれるような気持ちよさだ。それがフェラチオの快感を押しあげ、美保子の口内で分身がしゃくりあげた。

おそらく自分で玉袋をさわっても、ここまで感じることはないだろう。人妻の慈《いつく》しむような指づかいだからこそ、陶酔の心地にひたらせてくれるのである。

唾液にまみれ、がっちりと根を張った肉塔から、美保子が口をはずす。生々しい色合いのモノにうっとりした眼差しを注ぎ、からだを起こした。

「もう一回挿れさせてあげる。なるべく我慢して、すぐに出さないでね」

色っぽい目での注文に、繁昌は「はい」とうなずいた。彼女が絶頂するところをもう一度見たかったから、頑張らねばと思った。

美保子がパンティを脱ぐ。いよいよ秘められたところが見られると気が逸ったものの、またすぐに牡腰を跨いだ。

今度は、繁昌に背中を向けて。

「繁昌君はおしりが好きだから、このほうがいいでしょ」

たわわな丸みをぷりぷりと揺すり、肉槍《にくやり》の真上におろす。握って上向きにしたものを、逆さハートの切れ込み部分に迎えた。

繁昌は頭をもたげた。さっきはその余裕がなかったけれど、挿入するところをしっかりと目にしたかったのだ。

だが、美保子がすぐさま坐り込み、甘美な締めつけを浴びて頭を戻す。

「おおお」

「ああーん」

ふたりの声が交錯した。

豊臀がこちらに向けられているためか、女体の重みをさっきよりもダイレクトに感じる。憧れの熟れ尻をナマで拝むことができた感激もあって、女芯内のイチモツがさらにふくらんだ気がした。

「あん……オチンチン、おっきい」

人妻がヒップをくねらせる。迎え入れるのは二回目でも、さっきとはからだの向きが異なるから、容積が増したように感じられるのだろうか。

上半身はニットを着たままだから、裸のおしりがやけになまめかしく映る。彼女は前屈みになると、重たげな腰を上下に振り出した。

「あ、あ、あ、あん」

喘ぎ声をはずませ、蜜穴をすぼめる。内部のヒダが、亀頭の段差をぷちぷちとこすりあげた。

「ううう」

繁昌は呻き、歯を喰い縛った。またも早々に昇りつめそうだったのだ。

「気持ちいい……オマンコ溶けちゃう」

美保子のほうも、早くも高まってきたらしい。前屈みになり、繁昌が愛してやまなかった熟れ尻をリズミカルに打ちつける。

ぱっくりと割れた臀裂の底に、ちんまりしたツボミが見えた。排泄口なのに、やけに愛らしく映る。

(美保子さんの肛門だ)

まだ性器の佇まいも確認していないのに、先にそんなところを目撃するなんて。タブーを犯したようで、無性にゾクゾクする。

そのすぐ真下に出入りする肉棒は、白い濁りをまといつかせていた。さっき中出しした精液が泡立ったものらしい。あるいは、女体の分泌物か。

「ああ、あ、ダメぇ」

淫らな眺めに性感が上向く。まだだ、我慢しろと自らを叱りつけたとき、
美保子が極まった声を張りあげた。

「い、イキそう」

ハッハッと呼吸を荒くして、剥き身の双丘をわななかせる。

(よし、もうすぐだ)

彼女がイクまではと、手綱をしっかり握る。いやらしくすぼまる秘肛を目にしていると、吸い込まれる心地がして果てそうになったが、どうにか堪《こら》えた。

「ああ、あ、イク、イッちゃう」

すすり泣き交じりにアクメを予告して間もなく、半裸のボディが細かく痙攣した。

「ううううう、ハッ、あああああっ！」

歓喜の叫びを放ち、女体がわななく。女芯がキツくすぼまり、それが射精への引き金となった。

「み、美保子さんっ」

愛《いと》しい人妻の名前を呼び、手綱を放す。めくるめく愉悦の波に巻かれて、繁昌は欲情の滾りを解き放った。

びゅるんッ――。

熱いものがペニスの中心を貫く。これが三度目とは信じられない量が、幾度にも分けてほとばしった。

「ひいいいい、あ、熱いー」

美保子が嬌声を放ち、着衣の上半身を前後に揺らす。丸まるとした臀部がギュッギュッと強ばり、筋肉の浅いへこみをこしらえた。

「はふぅ」

深く息をついたのち、女体が崩れ落ちる。胎児のようにからだを丸め、裸の下半身を切なげに震わせた。

繁昌は咄嗟に、視線を彼女の陰部に向けた。腿をぴったり閉じていたため、黒々とした繁みしか見えなかったものの、そこから白濁の粘液がどろりと滴《したた》る。

卑猥な眺めに、萎えかけた秘茎がピクッと反応した。

第二章　二人目は淫らなギャル妻

1

週明けの月曜日、キャンパスの食堂はランチタイムで賑わっていた。

「そういうわけで、卒業するまでよろしくな」

吉田が音頭を取り、ジュースを注いだプラスチックのコップを掲げる。繁昌と、もうひとりの女子学生もそれに倣《なら》った。

「かんぱーい」

三人のコップが軽く触れあった。

このたび所属のゼミが決まり、最初の顔合わせが終わったばかりである。メンバーは繁昌と吉田、それからもうひとりは湖山麻優《こやままゆ》。

繁昌と吉田は友人だが、麻優は同じ講義を取っているぐらいで、ほとんど交流がなかった。そのため、仕切りたがりの吉田が彼女に話しかける。

「湖山さんって、出身はどこなの？　おれとハンジョウは東京だけど」

麻優は質問に答えず、「……ハンジョウ？」と首をかしげた。

「ああ、繁昌の音読みでハンジョウなんだ。あだ名みたいなもんだよ。もともとこいつの親父さんも、商売繁盛を願って名前をつけたっていうから」

繁盛はもともと繁昌と書いたんだぜと、ウンチクも加えて説明する。

「そうなの」

彼女はうなずいたものの、さして興味を抱いたふうではなさそうだ。

(なんか、得体の知れない子だよな)

ゼミ室で顔を合わせたときから、繁昌はそう感じていた。

麻優は、今どきの女子には珍しく、髪を染めていない。自然のままの黒髪は、一般的には清楚とか、真面目な子というふうに見られがちだ。

けれど、彼女の場合は、どちらかと言うと野暮《やぼ》ったい印象が強い。肩に掛かる長さだが、自分で適当に切っているのではないかと思えるほど雑な感じだし、前髪も睫毛に絡みそうなほど長かった。

おまけに、無表情でまったく笑わない。服装も黒いシャツに灰色のパンツと地味である。俗に言う陰キャというやつなのか。

顔立ちはけっこう整っているから、メイクをきちんとして、装いも明るくすればいいのにと思う。さらに笑顔を振りまけば、ミスキャンパスの候補ぐらいにはなれるのではないか。

まあ、そんなのは本人にしてみれば、大きなお世話でしかないだろう。繁昌も口には出さなかった。

結局、出身地を言わなかった麻優に、吉田は持て余したように顔をしかめた。これから一緒のゼミで学ぶのであり、雰囲気が悪くなっては困る。

「湖山さんって、趣味とかあるの？」

繁昌が訊ねると、彼女が小首をかしげ、

「漫画は好きだけど」

素っ気ない口振りで答える。すると、吉田がここぞとばかりに身を乗り出した。

「漫画だったらハンジョウは詳しいぜ。親が漫画喫茶をやってたから」

これに、麻優の目がキラリと輝いたように見えた。

「え、漫画喫茶？」

「ああ。だから、あの漫画の題名って何だっけみたいな話題になると、みんなハンジョウに訊いてたよ。すぐに答えてくれたから」

「すぐには大袈裟だよ。わからないことだってあったし」

「ねえ、その漫画喫茶って、どこにあるの？」

麻優が前のめり気味に食いついたものだから、繁昌は戸惑った。是が非でも教えてほしいと、眼差しが訴えている。

「いや、もうないよ。やめちゃったんだ。親父たちも、祖父《じい》ちゃん祖母《ばあ》ちゃんのいる田舎《いなか》に引っ込んじゃったし」

「そうそう。こいつ、親父さんたちのいなくなった団地で、独り暮らしをしてるんだぜ」

吉田がまた不要な情報を付け加える。

「それじゃあ漫画は？　たくさんあったんでしょ」

「処分しちゃったよ、全部」

これまでどおりに偽《いつわ》りを告げると、麻優は残念そうに口許を歪めた。もしも漫画だけの部屋があるなんて知ったら、間違いなく押し掛けてくるだろう。

(これ以上、ウチに来られるのはご免だよ)

繁昌は胸の内で嘆息した。

初体験から、すでに一週間以上経つ。

美保子は平日ともなれば、ボランティア活動のない日は必ず漫画を読みに来る。ボランティアのあとで、早く終わったからと来た日もあった。繁昌が不在でも、合鍵で勝手に入り込む。

言われるままに鍵を渡したのは、童貞を卒業させてくれたお礼の意味もあった。また、これからもヤラせてくれるのではないかと、いやらしい期待を抱いたのも事実である。

しかしながら、隣の人妻とはあれ以来、一度も関係していない。セックスはもちろん、手コキすら皆無だ。

最初に濃厚すぎるひとときを過ごしたぶん、繁昌は大いに不満であった。さりとて、こちらから求める勇気も度胸もない。

彼女の隣で、わざとエロチックな漫画を広げたこともあった。ところが、誘う素振りすら見せず、明らかに無関心を決め込んでいた。

童貞でなくなったから、もう興味はないということなのか。筆おろしさえすれば満足だと。

当てがはずれたものだから、繁昌は面白くなかった。家に帰って美保子がいると、苛立ちすら覚えるようになった。

そのくせ、人妻のたわわなヒップを目に焼き付け、彼女が帰ったあとでオナニーをするのである。

そういう状況だったから、漫画目当ての人間を、これ以上招くわけにはいかなかったのだ。

「湖山さんが好きな漫画って、どういうジャンルなの？」

吉田の質問に、麻優は「いろいろ」と曖昧《あいまい》な返答をする。答えたくないという態度があからさまながら、少々がさつなところのある彼は、少しも気にしなかった。

「あ、わかった。ボーイズラブだ。ほら、男同士でイチャイチャするやつ」

デリカシーのかけらもない決めつけをして、同じゼミになったばかりの女子大生から、思い切り睨みつけられる。繁昌はやれやれと天井を仰いだ。

2

午後の講義が終わると、繁昌は早々に大学をあとにした。

（これからうまくやっていけるのかな……）

顔合わせのランチ会を思い出し、不安を抱く。

親睦を深めるためだったはずが、雰囲気はかなり悪かった。吉田の品のない発言で気分を害した麻優は、そのあとほとんど喋らなかったのだ。

おかげで、吉田も言葉少なになる。繁昌はただひとり、懸命にその場を執り成さねばならなかったのである。

同じゼミになったからには、これから卒業するまで、卒論に関わる演習を一緒に受け、教官の指導を仰がねばならない。それが始まる前からこんな調子では、先が思いやられるというもの。

（吉田に一回謝らせたほうがいいな）

軽薄で軽率なところはあっても、悪い人間ではない。彼だって、このままでいいとは思っていないはずだし、謝罪すれば麻優もわかってくれるだろう。

そう考えて、いくらか気持ちが楽になったところで、我が家たる団地に到着する。

「ただいま」

鍵の掛かっていなかったドアを開け、律儀に声をかけたところでそれに気がつく。

（あれ？）

玄関のところに、女物の見知らぬサンダルがあった。

踵が高く、足首にストラップを巻きつけるタイプのそれは、美保子のものではない。なぜなら、何度も目にしている彼女のシューズは、その隣に並べてあるからだ。

（誰か来ているのか？）

だとすれば、美保子が連れ込んだのか。嫌な予感を覚え、繁昌はすぐさま靴を脱ぐと、漫画ルームのドアを開けた。

（ああ……）

思い描いたとおりの光景に、頭がクラクラする。

そこにいたのはふたり。大きなおしりを見せつけるみたいに、クッションの上で腹ばいになった美保子と、見知らぬ女性であった。

もうひとつのクッションに背中をあずけた彼女は、トップは襟ぐりが大きく開いた七分袖の派手なシャツで、ボトムはミニスカート。明るく染めた髪もくるくると巻かれており、目鼻立ちをくっきりさせたメイクも含めて、いかにもギャルっぽい。

ただ、年齢はそこまで若くなさそうだ。美保子よりは年下っぽいが、三十路《みそじ》前後ではなかろうか。

（美保子さんの友達なのか？）

見た目は接点がなさそうながら、揃って漫画を読みふけっているのだ。知らぬ仲ではあるまい。

「あの……」

さすがに黙っていられなくて声をかけると、ふたりが同時にこちらを向いた。

「あら、お帰りなさい」

と、美保子。

「お邪魔してまーす」

ギャル女性のほうも、能天気な挨拶をした。

「ええと、こちらの方は？」

訊ねると、美保子が身を起こし、悪びれもせず紹介した。

「わたしのボランティア仲間で、司城渚《しじようなぎさ》さん。漫画が好きだっていうから、ここに誘ったの」

勝手なことをしないでほしいと腹が立ったものの、女性ふたりを前にしてクレームはつけられない。童貞こそ卒業しても、気弱で流されやすい性格はそのままだった。

（ていうか、ボランティアって何をしてるんだろう）

その点は一度も訊ねたことがない。ただ、美保子はともかく、渚は誰かのために時間や労力を割くタイプには見えなかった。

「司城さんも、この団地にお住まいなんですか？」

「ううん。○○町のマンション」

「そうなんですか。ここまで連れてくるってことは、おふたりは仲がいいんですね」

厭味《いやみ》のつもりで言ったのに、まったく伝わらなかったようだ。

「ええ。お互いにダンナ持ちだし、年も二つしか違わないし」

ということは、渚は三十三歳なのか。装いやメイクで若く見えたようだ。

「ちょっと美保子さん、年をバラさないで」

渚が頬をふくらませる。ハスキーな声も、いかにもギャルっぽい。そのため、人妻というのが信じ難かった。見れば結婚指輪もしていない。

「司城さんも、お宅のほうはだいじょうぶなんですか？」

「え、何が？」

「いや、留守にしてていいのかなって」

「ああ、いいのいいの。どうせダンナはいないから」

ざっくばらんな受け答えに、繁昌は戸惑った。まるで、夫の不在が当たり前のように聞こえたからだ。

（まさか、離婚することが決まってるのか？）

そのため結婚指輪をはずしているのかと思えば、早合点であった。

「渚さんの旦那さんは、長距離トラックの運転手なの。だから家を空けることが多いのよ」

美保子が説明する。そうすると、家に帰っても誰もいないから、渚は退屈凌ぎにボランティア活動をしているのだろうか。

だが、仲が良いからと言って、ここに連れてこなくてもいいではないか。

「繁昌君、大学のほうは終わったの？」

「ああ、はい」

「じゃあ、三人でゆっくり過ごしましょ。お菓子でも買ってくるわね」

呑気なことを言って、美保子がさっさと部屋を出る。初対面の人妻とふたりっきりにさせられ、繁昌は困惑した。

（どうすればいいんだよ……）

見た目そのままに、渚は元ギャルなのだろう。いや、現役なのか。正直、繁昌が苦手とするタイプの異性である。

おかげで、気詰まりなことこの上ない。

渚のほうは、まったくのマイペースである。再び漫画に目を落とし、この家の主《あるじ》たる青年など眼中にないと見える。

まあ、そのほうがこちらも都合がいい。

とりあえず美保子が戻るまで、繁昌もここで待つことにした。気軽に読めそうな四コマ漫画を選び、彼女が使っていたクッションに腰をおろす。

ところが、読み始めてすぐに、そんなに面白くないなと気づく。別の本にしようかと、何気に渚へ視線を向けるなり、繁昌は心臓を高鳴らせた。

クッションに背中をあずけた彼女は、胡坐《あぐら》をかいていた。大人の女性としては、正直行儀がいいとは言い難いものの、ギャルだからしょうがないと受け入れてしまえる部分もある。

ともあれ、ミニスカートで脚を開いているものだから、下着がまる見えだったのだ。

繁昌は、彼女を斜め前から見る位置にいた。股間に喰い込むのは、光沢のある紫色のパンティ。クロッチの縦ジワまでばっちり確認できて、セクシーどころか卑猥な眺めである。

加えて、ナマ白い内腿もなまめかしい。いかにもすべすべして柔らかそうだ。見ているだけで触れたくなる。

さすがにガン見したら咎められるだろう。繁昌は本を顔の前に掲げ、悟られぬようチラチラと盗み見した。

（くそ、色っぽいなあ）

女性としては苦手なタイプでも、パンチラを前にすれば関係なくなる。密かに海綿体を充血させ、ブリーフの内側をカウパー腺液で湿らせた。

「ふう」

渚がいきなりため息をつき、顔をあげたものだから、繁昌はドキッとした。ちょうど本の上側から顔を出していたタイミングだったため、彼女とまともに目が合ってしまう。

「繁昌クンだっけ。美保子さんとどういう関係なの？」

出し抜けの質問に言葉を失う。他の人間には到底話せないためもあった。

だが、答えなかったことで怪しまれてしまったらしい。

「なに、言えないような関係なワケ？」

渚が漫画を脇に置き、にじり寄ってくる。鋭い眼差しに気圧《けお》されて、繁昌は動けなかった。

（……おれ、何かまずいことをしたのかな？）

美保子とのことを疑われるような言動があっただろうかと、帰ってからのことを振り返る。けれど、何も思い当たらない。

強いて挙げれば、家を留守にしていいのかと渚に問いかけたことで、美保子とふたりっきりになりたいのだと誤解された恐れはある。しかし、そんな程度のものではなく、いっそ確信めいたものを彼女は摑んでいる気がした。

事実、

「ねえ、ふたりで何かしたんじゃないの？　この部屋で」

と、より具体的な問いを投げかけてきた。

(ひょっとして美保子さんが、おれとの関係を匂わせるようなことを言ったのか？)

そうでなければ、ここまで執拗に追及しないのではないか。思ったものの、そういうことではなかったらしい。

「だいたい、繁昌クンみたいな若い男の子が、人妻さんとふたりっきりで密室にいて、おかしな気分にならないはずないもん」

どうやらシチュエーション的に、何かあっても不思議ではないと邪推しているようだ。

(なんだ、そういうことか)

だったら、きっぱり否定すればいい。証拠は何もないのだから。

「いや、美保子さんはお隣さんで、前から知ってますし、ふたりっきりになったって何もありませんよ」

努めて冷静に答えたものの、ギャル妻からじっと見つめられて怯む。

「本当に？　美保子さん、おしりがおっきくてセクシーだし、いくらお隣さんでもソソられるんじゃないの？　繁昌クンって、女に慣れていないみたいだし」

そんなことまで見抜かれて、さすがに動揺する。

隣の人妻と初体験を遂げたものの、セックスはそのときの一回こっきりだ。相変わらず恋人はいないし、女性に慣れていないのは事実である。

(初対面なのに、そんなことまでわかるのか？)

確信している顔つきからして、カマをかけているふうではない。けれど、単純に見た目や雰囲気から察したのではないことを、次の渚の発言で知る。

「さっきだって、あたしのパンツをガン見してたじゃない」

これには、繁昌は狼狽せずにいられなかった。彼女はずっと漫画を読んでいたし、悟られていたなんて危ぶみすらしなかったのだ。

「――す、すみません」

観念して謝るなり、瞼《まぶた》の裏が熱くなる。欲望のままに破廉恥《はれんち》な行動を選択した自分が、ひたすら情けなかった。

そのとき、渚の手が素早く動く。遮る余裕もないまま、股間の高まりを握られてしまった。

「あうう」

快い電流が背すじを駆け抜ける。繁昌は呻き、腰をよじった。

「ほら、ボッキしてる。あたしのパンツを見てチンポを大きくするなんて、どうしようもないエロガキじゃん」

ガキなんて罵《のの》しられる年齢ではないが、ひと回り以上も年上の彼女には、二十歳の大学生などてんで子供でしかないのか。繁昌は屈辱の涙を滲《にじ》ませた。

「さあ、正直に答えな。美保子さんとエッチしたって」

質問ではなく、断定の口調で詰め寄られる。おまけに、渚は牡の膨張をニギニギし、切ないまでの悦びをもたらしたのだ。まさに甘美な拷問。だんまりを決め込むのは不可能である。

「はい……しました」

繁昌は白状した。下着を盗み見た負い目もあったし、嘘をつきとおせる自信はこれっぽっちもなかった。

「何回？」

「一度だけです。本当です」

事実だから、きっぱりと告げられる。渚も信じてくれた。

「繁昌クン、童貞だったんでしょ。ちゃんと挿《い》れられたの？」

「あの、美保子さんが上になってくれたので」

「初体験が騎乗位だったワケか。まあ、賢明な判断かな」

などと言うところをみると、彼女もチェリーボーイの筆下ろしをした経験があるのだろうか。

「初めてのエッチはどう？　気持ちよかった？」

「はい、とても」

「フェラもしてもらった？」

「はい」

「クンニはした？」

「いいえ」

どこまで訊くつもりなのかと訝ったとき、渚が目を丸くする。

「え、それじゃ、オマンコ見てないの？」

まさか彼女までもが、ためらいもなく禁断の四文字を口にするなんて。もっとも、美保子のときほどの衝撃はなかった。見た目がギャルゆえ、普段から露骨なことを言っていそうだからだ。

「はい……チラッとだけ」

「だったら見たい？」

渚が思わせぶりに目を細める。明らかに誘っていた。

恥ずかしい告白をさせられ、ズボン越しとは言えペニスも愛撫されている。次の展開を待ち望む心持ちになっていたため、繁昌はほとんど迷わなかった。

「は、はい。見たいです」

前のめり気味に返事をすると、彼女がにやっと笑みをこぼす。

「じゃあ見せたげる」

股間から手をはずした人妻が、膝立ちになる。ミニスカートの下に両手を入れ、紫色の薄物を脱ぎおろした。

ふわ――。

甘いような酸っぱいような、何とも形容しがたいかぐわしさが漂う。渚に接近されたとき、特に匂いはしなかったのに。

つまりこれは、外気に晒された秘苑が放つものなのか。

渚が後ずさり、さっき背もたれにしていたクッションに腰をおろす。脚を大胆に開き、「おいで」と手招きした。

ぐぴッ——。

喉が劣情にまみれた音を鳴らす。繁昌は立ちあがり、そろそろと彼女に近づいた。前に膝をつき、正面から向かい合う。

スカートの裾が隠しているため、見たいところはあらわになっていない。めくってもいいのかなと迷っていると、渚が先に手を出す。裾をつまみ、そのまま上体を後ろへ倒した。

それにより、ミニスカートが大きくめくれる。

(え⁉)

繁昌は衝撃を受けた。あらわにされた女性の秘め園。そこにあるはずの毛が、一本もなかったのである。

さすがに天然のパイパンではあるまい。だが、剃《そ》り残しがないから、おそらくエステで完全脱毛しているのだろう。

毛がなくても、幼い少女のようなワレメではない。陰部全体に色素が沈着しており、縦割れからはさらに色濃い花びらがはみ出していた。

(オマンコだ——)

人妻たちの影響を知らずに受けたのか、胸の内に卑猥な単語を浮かべる。

性器の形状そのものは、ネットの無修正動画や画像で目にしたものと、ほぼ一緒である。だが、実物はやはり生々しい。馴染みのない見た目に加え、なまめかしいフレグランスがそう感じさせるのだろう。

(これが渚さんのアソコの匂いなのか)

パンティ越しに嗅いだ美保子の恥臭を思い出す。似ているようでも、どことなく違う。こちらは発酵しすぎた乳製品の趣だろうか。

普段の生活の中でも、たとえばキャンパスで女子学生とすれ違ったとき、身にまとう甘い香りにうっとりすることがある。今嗅いでいるこれは、そういう類《たぐ》いのかぐわしさではない。クセが強く、ケモノっぽさもあった。

なのに、こんなにも惹きつけられるのはなぜだろう。

花に誘われる蝶のごとく、繁昌は秘め園に顔を近づけた。チーズっぽいフレーバーが強くなり、悩ましさが募る。

「どう？　初めて見るオマンコは」

声をかけられて我に返る。

「あ、ああ、えと」

「今ならネットでいくらでも見られるし、べつに珍しくないか」

「そんなことないです。やっぱり実物のほうが、その、すごくいやらしいです」

口にしてから、褒め言葉になっていない気がした。もっとも、渚は気分を害したふうではなさそうだ。

「そりゃそうっしょ」

と、どこか得意げであった。

視界にしなやかな指が侵入する。恥割れの上部、フード状の包皮をめくりあげると、ピンク色に艶めく小さな肉芽をあらわにした。

「これ、わかる？　クリトリス。チンポの先っぽと同じで、一番感じるところ」

「あ、はい」

「ナメて気持ちよくしてよ」

言われてすぐに、繁昌は桃色突起に吸いついた。

「きゃふんッ」

愛らしい声が聞こえ、女芯がキュッとすぼまる。鋭い反応に、本当に敏感なのだとわかった。

ならばと、秘核を舌先でチロチロとはじく。

「あ、あ、あっ、それいいッ」

ハスキーだった渚の声が、女っぽいトーンに変わる。感じたことで牝の本性が出現したかのように。

(おれ、渚さんを感じさせてるんだ)

美保子との行為でも、熟れ妻はあられもなく昇りつめた。だが、顔に股間をこすりつけられたり、騎乗位で交わったりと、繁昌は完全に受け身だった。

けれど、今は違う。初めてのクンニリングスで、年上女性に喜悦の声をあげさせている。おかげで男としての自信が湧いた。

もっと乱れさせるべく、舌の動きを活発にさせる。

「あああぁ、あ、キモチいいっ」

人妻の腰がくねくねする。下半身のみをまる出しにし、あられもなくよがる姿は、いやらしいことこの上ない。

(渚さんも欲求不満なのかな)

長距離トラックの運転手だという夫は、留守がちらしい。姑との同居で夫婦生活がままならない美保子と同じく、セックスに飢えている可能性が大きい。だからこそ自ら秘部を晒し、口唇奉仕を求めたのではないか。

ならば遠慮する必要はない。

唾液を塗られた陰部が、より生々しい臭気を放ち出す。それにも劣情を煽られて、繁昌は一心にクリトリスをねぶった。滴りそうに溢れたラブジュースも、ぢゅぢゅッと音をたてて、すする。

「イヤイヤ、ダメダメ」

渚が極まった声をあげる。いよいよかと、繁昌は秘核を強く吸いたてた。

「あひぃいいいいっ」

ギャル妻が裸の腰をガクガクとはずませる。柔らかな内腿で、繁昌の頭を強く挟み込んだ。

「ダメッ、ホントにダメ、イク、イッちゃう、あああぁっ」

身をくねらせ、「イクッ！」と最後の声を放ち、全身を強ばらせる。

「う――ううう……ふぅ」

呻いたのちに脱力し、クッションの上でぐったりと手足をのばした。

（……おれ、渚さんをイカせたんだ）

顔をあげ、しどけなく横たわる彼女を見おろし、繁昌は感慨にひたった。大人の女性を絶頂に導いた成就感で、胸をいっぱいにする。

その一方で、新たな欲求もこみあげた。

目の前にある無毛の淫華は、ぱっくりと開いた花びらが卑猥な景色を見せつける。内側はヌメる粘膜の淵で、いびつなかたちの洞窟を見え隠れさせていた。

（挿れたい——）

ブリーフの内側で、分身が痛いほどに猛っている。それを女体の深部にぶち込みたいと、牡の本能が訴えていた。

渚のほうも、クンニリングスだけで済ませるつもりはないはずだ。だったら挿入してもかまうまいと、繁昌はズボンとブリーフを脱ぎ捨てた。

「うう」

天井を向いてそそり立つ肉根を握れば、快さに腰がブルッと震える。もはや一刻も待てないと、目を閉じて胸を上下させる人妻に近づいたとき、部屋のドアが開いた。

「まあ、何をしているの？」

驚きの声を発したのは、外から戻ったもうひとりの人妻、美保子だった。室内の光景に目を丸くしている。

「あ、あの、これは――」

繁昌はうろたえた。濡れた秘所をまる出しにした渚がクッションに横たわり、自分も勃起したイチモツを晒しているのだ。今まさに襲いかかろうとしているかに映ったのではないか。

ここは弁解しても無駄である。渚に事情を話してもらうしかない。ところが、ギャル妻は声に気がついて目を開けると、

「なんだ、もう帰ってきたの？」

少しも動揺することなく、年上の友人を見あげる。美保子のほうも、

「もう少し遅くてもよかった？」

と、さっき驚いた顔を見せたのが嘘のように冷静だ。

（……美保子さん、こうなるって知ってたのか）

そうとしか思えない反応である。その推察は、次の彼女の発言で事実だと明らかになった。

「まあ、ここまでしちゃったら、渚さんがこの部屋で漫画を読むことも許可しなくっちゃね」

美保子が大きくうなずく。渚も「当然」とにんまり笑った。

これにより、繁昌は罠にかかったのだと悟った。

3

「ていうか、どうしてチンポを出してるのよ？」

渚に睨まれ、繁昌は慌てて股間を両手で隠した。

「あ、いや、これは――」

「ひょっとして、あたしをオカそうとしたの？」

当たらずといえども遠からずで、何も言えなくなる。幸いにも、それ以上追及されなかったものの、今さら脱いだものを穿くわけにはいかない。下半身のみすっぽんぽんの、みっともない格好のまま肩をすぼめる。

「美保子さんもクンニしてもらったら？　あたしはもうイカせてもらったし」

渚の提案に、年上の人妻が「そうね」とうなずく。いちおう買い物はしてきたようで、お菓子や飲み物が入ったレジ袋を床に置いた。

「じゃあ、あたしはちょっと休憩」

一度昇りつめたギャル妻が起きあがり、袋の中を漁る。筒のケースに入ったポテトチップスを取り出し、さっそく開封した。

そんな友人にやれやれと肩をすくめつつ、美保子がジーンズに両手をかける。

「わたしのも舐めてくれる？」

おねだりの目で首をかしげられ、繁昌は背筋をピンとのばした。

「は、はい」

「じゃあ、お願いするわ」

ジーンズが豊かな腰回りから剝きおろされる。しかも、中に穿いていたパンティごとまとめて。窮屈そうだったから、一緒に脱げてしまったのか。

脂がのってふっくらした下腹部があらわになる。熟れた風情をぷんぷんと放つそこに、初体験でも目撃した黒い繁みが逆立っていた。

（美保子さんのオマンコも見られるんだ）

童貞を奪ってくれた麗しの苑《その》。そのときのお礼も込めて、是非とも気持ちよくしてあげたい。

下半身のものをすべて脱いでしまうと、美保子はちょっと考えてから、クッションの上に俯せになった。まん丸ヒップを年下の青年に向け、見せつけるように揺する。

「繁昌君はおしりが好きだから、この格好のほうがいいでしょ」

顔を後ろに向け、艶っぽく目を細めた。

渚がいる前で性癖を暴露され、顔が熱くなる。だが、彼女とも親密になったあとだし、関係は今後も続きそうだ。べつにかまうまい。

(部屋にひとり来るのもふたり来るのも、そう変わりないさ)

魅力的な人妻たちの溜まり場になるのも悪くない。どちらも欲求不満のようだし、いやらしいことがたくさんできそうだ。

(美保子さんがこんなに大胆なのも、きっと渚さんの影響なんだよな)

初体験のあと何もさせてくれなかったのに、今は自らはしたないポーズを取っている。渚が秘部を舐めさせたものだから、対抗意識を燃やしたのではないか。

美保子が膝を離し、おしりを高く掲げる。臀裂がぱっくりと割れて、谷底の淫靡な景色をあらわにした。

(ああ、これが……)

繁昌は吸い寄せられるように、彼女の真後ろに膝をついた。

叢《くさむら》は会陰近くまで繁茂しており、恥唇の佇まいがはっきり確認できないほど濃い。パイパンの渚と接したあとのせいか、自然のまま生やしているほうが、むしろ卑猥に映った。

なまめかしい秘臭が漂ってくる。渚よりも濃厚で、果実とヨーグルトが合わさったような酸味が強かった。毛が多いのと関係するのだろうか。

もうひとつ、繁昌の関心を引いたのは、谷底の小さなツボミ——肛門である。背面騎乗位で交わったときにも目にしたが、近い距離でまじまじと見るそれは、愛らしくも背徳的だ。あるいはセックスよりもひと目に晒したくない、プライベートな日常と関係しているためなのか。

「ねえ、ちょっと」

声をかけられ、我に返る。女芯全体が、視線を咎めるみたいにキュッとすぼまった。

「見てないで、早く舐めて」

たわわな丸みをくねらせてのおねだりに、繁昌はすぐさま動いた。縮れ毛の密集する中心に顔を埋め、群れるものを舌でかき分ける。

「あひッ」

湿地帯をひと舐めしただけで、鋭い声がほとばしる。同時に、熟れ腰がビクンとわないた。

（すごく感じやすくなってるみたいだぞ）

おまけに、粘っこい愛液が舌に絡みつく。快感を与えられるまでもなく、すでに濡れていたようだ。

もしかしたら、美保子は早めに戻っていて、室内の様子に聞き耳を立てていたのではないか。実際、ドアを開けるタイミングも狙ったみたいだった。何をしているのか気になって、急いで確認したというふうに。

だが思い返せば、ふたりとも下半身をまる出しにしているのを見て、彼女は本当に驚いた様子だった。この部屋に入り浸るために、青年を誘惑しろと渚をそそのかしたにせよ、繁昌まで脱いでいるとは思っていなかったのだとか。

盗み聞きをしていたのなら、室内の喘ぎ声であれこれ想像し、昂奮しても不思議ではない。そのために秘部が潤い、クンニリングスもためらうことなく求められたのだろう。

(美保子さん、すましているようで、けっこうエッチなんだな)

そうに違いないと決めつけて、蜜汁を溜めた恥裂をねぶる。渚のラブジュースよりも、塩気がくっきりしていた。

「ああ、あ、気持ちいい」

甘える声でよがり、尻の谷をせわしなく閉じる熟れ妻。柔らかなお肉で挟まれた繁昌の鼻は、アヌス周辺の熟成された汗の臭気を嗅ぎ取った。

(うう、すごくいやらしい匂いだ)

性器の蒸れた秘臭以上にケモノじみている。なのに、不思議と好ましく思えるのは、魅力的な年上女性の飾らないパフュームだからか。

匂いだけでなく、味も知りたくなる。もっとも、可憐な佇まいを目にしたときから、舐めたいと思っていたのだ。

胸の高鳴りに任せて、繁昌は舌を移動させた。淡い色素で彩られた放射状のシワをペロリと舐める。

「ヒッ」

美保子が息を吸い込むような声を洩らす。すぐに咎めなかったのは、たまたま舌が触れたと思ったからなのか。

それでも、舌先でチロチロとくすぐられることで、意図的だと察したらしい。

「ちょ、ちょっと、そこ、おしりの穴」

わかりきったことを言われても、繁昌はかまわず続けた。味らしい味はないものの、くすぐったそうにすぼまるのが愛おしい。

そこまでされて諦めたか、

「もう……病気になっても知らないからね」

などと言いながら、彼女がいっそうなまめかしく秘肛をすぼめる。いくらかは快感も得ていると見え、

「あ、あん」

と、切なげな声をこぼした。

いくら気持ちよくても、さすがにアナル舐めだけで頂上に達することはあるまい。どこか焦《じ》れったそうでもあったから、繁昌は頃合いを見て秘唇に戻った。

(うわ、すごい)

いつの間にか、じっとり濡れた恥叢が皮膚に張りついていた。後穴への刺激で、愛液が多量に湧出したと見える。

クンニリングスを再開させるべく舌を這わせたところで、

「ンぷっ」

繁昌は熱い息を陰部に吹きかけた。下半身に甘美な衝撃があったのだ。

「すごっ。繁昌クンのチンポ、カチカチじゃん」

渚の声が背後でする。彼女は股間から手を入れて、猛る分身を握っていた。裸の尻を無防備に突き出していたために、オモチャにされてしまったようだ。

「あたしがシコってあげるから、美保子さんのオマンコをナメナメして」

卑猥な言葉遣いでけしかけて、下腹にへばりつかんばかりに反り返るイチモツをしごく。鈴口に滲むカウパー腺液を、亀頭粘膜に塗り広げることまでした。

(ああ、そんな)

目のくらむ快美に神経を蕩かされ、繁昌は言いなりになるしかなかった。恥叢をかき分けてクリトリスを探り、隣家の人妻に悦びを与える。

「あああ、そ、そこぉ」

よがり声が室内の空気を桃色に染めた。

三人が縦に繋がっての、淫らな戯《たわむ》れ。ふたりの人妻に挟まれた繁昌は、快感に身をよじりながら奉仕した。

(うう、まずい)

渚の手コキは巧みだった。早くもほとばしらせそうになりながらも、懸命に舌を動かす。ところが、

「おしりの穴がヒクヒクしてる。可愛いじゃん」

恥ずかしい指摘に動揺する。性器から肛門まですべて見られていることに、今さら気がついたのだ。

羞恥を紛らすように敏感な肉芽を吸いねぶれば、美保子が「イヤイヤ」と歓喜に身をよじる。逃げられないよう、繁昌は豊臀を両手で掴まえた。もっちりしたお肉に顔を埋め、心地よい感触と淫靡な匂いの両方を堪能する。

それにより劣情も高まったものだから、摩擦されるペニスが狂おしいまでの悦びにまみれた。昂奮が快感を押しあげたのだ。

（駄目だ。我慢しろ）

先に美保子を絶頂させねばと、男としてのプライドが繁昌を発奮させる。忍耐を振り絞り、舌の根っこが痛むのも厭《いと》わず攻め続けた。

ところが、懸命な努力を嘲笑《あざわら》うみたいに、渚がちょっかいを出してくる。

「むふッ」

繁昌は太い鼻息を吹きこぼした。予想もしなかったところに悪戯を仕掛けられたのである。

「ちょ、ちょっと、渚さん」

たまらず女芯から口をはずし、振り返る。裸の腰の向こうに、ギャル妻の顔が半分だけ見えた。

「ほら、ちゃんとクンニしな」

などと命じられ、素直に従える状況ではない。なぜなら、彼女にアヌスを舐められたのである。

「いや、だって……」

「自分だって美保子さんに同じことをしたんじゃん。おあいこ」

そう言って、渚が再び肛門に舌を這わせる。よりねちっこくねぶられた。

「うあ、あああ」

繁昌はだらしのない声をあげ、腰から下を震わせた。くすぐったいし、背すじがムズムズする。

そのくせ、同時に秘茎をしごかれると、快感が爆発的に高まるのだ。

募る射精欲求から逃れるように、繁昌は秘苑に口をつけた。クンニリングスに没頭することで気を紛らわせようとしたものの、思うように舌が動かない。

(美保子さんも、こんな感じだったんだろうか)

アナルねぶりで身悶える様を思い返す。今の自分と同じく、羞恥と悦びに苛まれていたのだろう。

それが渚にもわかったから、身をもって教えるためにしているのか。

「チンポがビクンビクンしてる。もうイッちゃう？」

彼女は愉快そうに言い、秘肛を舌先でほじる。用を足したあとはちゃんと洗っているし、そんなに汚れていないはずでも、罪悪感はひとしおだった。

にもかかわらず、性感曲線は右肩あがりで上昇する。

「あ、あっ、駄目です」

とうとう限界に達し、繁昌は顔をあげた。下半身を震わせ、「うーうー」と呻く。

「ほら、出しな」

渚が勝手に許可を出す。美保子が振り返り、「え、ちょっと」と不満をあらわにしても、強ばりの摩擦をやめなかった。

そのため、歓喜の痺れが全身に行き渡る。

「ううう、あ——」

繁昌は呻き、堪えようもなく爆発した。熱いほとばしりが、何度にも分けて尿道を通過する。

その間も、渚は手を動かしながら、せわしなくすぼまる後穴を舐め回した。

「くはっ、ハッ、あああ」

ありったけの精を放ち、虚脱感が押し寄せる。秘茎をしつこくしごかれ続け、下半身の筋肉がビクッ、ビクッと痙攣した。

「すごっ、いっぱい出た」

渚の声が耳に遠い。ザーメンでラグマットを汚したのは間違いなく、後始末が気掛かりだった。

しかし、それは杞憂《きゆう》であった。

「ほらこれ」

ギャル妻が脇に来て、左手を差し出す。凹《へこ》んだかたちにした掌《てのひら》に、白い粘液が溜まっていた。乳搾りの要領で抜いたザーメンを、手で受け止めたようだ。

「これ、すっごく濃い。指で摘まめるかも」

「へえ、どれどれ」

美保子もからだを起こし、友人の手を覗き込む。

「ホントだ。きっと精子も元気に泳いでるんでしょうね」

自らの体内から出たものを、そんなふうに品評されるのは気恥ずかしい。おまけに、渚は液溜まりに鼻を近づけ、「うわ、匂いもキツい」と、眉をひそめたのである。

繁昌は赤面した。

4

手を洗うために洗面所へ向かう渚を見送ると、美保子が顎をしゃくった。

「脱いで、全部」

繁昌は目を白黒させた。

「え、脱ぐって？」

「裸になりなさい」

急《せ》かす口調で言われ、淫らなひとときはまだ終わっていないのだとわかった。

(裸になるってことは、美保子さんとセックスできるのか)

初体験以来となる性愛行為への期待が高まる。気が変わらないうちにと、繁昌は急いで上半身のものを脱いだ。

全裸になると、人妻が満足げに目を細める。

「じゃあ、わたしも脱ぐね」

この宣言に、嬉しくて小躍りしたくなった。

(美保子さんと裸で抱き合えるんだ)

前回は、どちらも下しか脱がなかった。全裸になって肌のなめらかさとぬくみを感じたら、もっと気持ちよくなれるに違いない。

人妻の肌が上半身もあらわになる。水色のブラジャーが包むのは、程よいサイズの乳房だ。

緩やかにくびれたウエストは、グラビアアイドルやモデルと比較すれば、お肉の量が多めである。だが、それゆえに熟女の色気が感じられる。身近な女性の生々しさもあった。

美保子が背中に手を回し、ブラジャーのホックを外す。浮きあがったカップの下から現れたふくらみは、三十五歳でも張りがあった。ほとんど垂れることなく、綺麗な球体をキープしている。

（美保子さんのおっぱいだ）

いつもおしりばかり見ていたが、上半身も魅力的である。さながらギリシャ彫刻のヴィーナスのよう。

とは言え、あんな無機質なものではない。色白の肌は、見るからになめらかで柔らかそう。乳頭は淡いワイン色で、突起も小さめだ。質感も色も、石膏像とは大違いである。

射精後に萎えていた分身に、血液が流れ込む気配がある。繁昌は鼻息を荒くして、全裸の熟れ妻に接近しようとした。

そこに渚が戻ってくる。

「あたしがいないあいだに始めるつもり？」

仲間はずれにされたと思ったのか、むくれ顔を見せる。

「まだ何もしてないわ。渚さんも脱いで」

美保子が年上らしくたしなめると、ギャル妻は「ほーい」と軽い返事をして、着ていたものを床に脱ぎ散らかした。それだけ気が逸っていたのだろう。

渚は痩せていた。腰回りや太腿はそれなりに肉づきがあるが、上半身は余分なお肉が見られない。

但《ただ》し、ガリガリというわけではなく、しっかり鍛えて引き締まっている感じか。乳房のふくらみもなだらかであった。

肌は色褪せた小麦色。ギャルらしく日焼けサロンに通っていても、しばらく焼いていないのかもしれない。

「じゃあ、ここに三人で横になろ」

渚が提案し、繁昌を真ん中にして川の字になった。いや、ぴったりくっついたから、川ではなくアルファベットのＩか。

（ああ……）

　ふたりの人妻に挟まれて、繁昌は天国の気分を味わった。

　微妙に違いはあるものの、どちらも肌はすべすべだ。右側の渚はいくぶん乾いており、左の美保子はしっとりして吸いつく感じである。

　それに、とてもいい匂いがする。晴れの日の洗濯物に、ミルクをまぶしたような甘ったるい香り。ふたりから顔を寄せられ、かぐわしい吐息も嗅がされた。

「繁昌クンは幸せ者だね。こんないい女ふたりからサンドイッチにされて」

　渚が目を細め、指先で牡の乳首をくりくりと悪戯する。

「ホント。贅沢だわ」

　二の腕におっぱいを押しつけていた美保子は、柔らかな手でお腹を撫でてくれた。

　ふたりの手が下降する。途中で渚が追い越し、幾ぶんふくらんだ秘茎を握った。美保子の手は残った陰嚢へ。

「あ——うう」

　うっとりする快さが、股間を基点にして広がる。海綿体が充血し、ギャル妻の手の中で膨張した。

「あ、タッてきた」

渚が筒肉をニギニギし、身をよじりたくなる快感を与える。美保子も牡の急所を優しく揉んでくれた。

それにより、海綿体がいっそう充血する。伸びあがったペニスが、亀頭を赤く腫らした。

「すごっ。もうカタくなった」

「元気なのね」

ふたりから艶っぽい目を向けられて、恥ずかしくも誇らしい。分身に力を送り込み、雄々しく脈打たせる。

「うわ、ビクビクしてる」

「ひょっとして、フェラしてほしいのかしら。わたしたちにクンニをしてくれたけど、まだオチンチンを気持ちよくしてもらってないものね」

美保子が思わせぶりに唇を舐める。本当にしゃぶってもらえるのかと、胸が期待でふくらんだ。

だが、人妻の濡れた唇を目にして、大切なことを思い出す。フェラチオをしてもらう前に、是非とも経験したいことがあったのだ。

「あの……おれ、まだキスしたことがないんですけど」

童貞を卒業し、女性たちのもうひとつの唇には口をつけたけれど、真っ先に経験するはずのくちづけをしていないのである。

「美保子さん、前のときにキスしなかったの？」

渚が目を丸くする。筆下ろしをしたと聞かされたから、そっちも経験済みだと思っていたようだ。

「そういえば、してなかったかも」

美保子も今になって気がついたらしい。あのときは女を教えることが最優先で、唇同士のふれあいにまで頭が回らなかったというのか。

「じゃあ、ファーストキスはどっちとする？」

興味津々の眼差しでギャル妻が訊ねる。もちろんあたしだよねと迫るみたいに、肉根を強く握って。

「えと……」

繁昌は迷い、すぐに答えられなかった。

付き合いが長いのは美保子であり、男にしてもらった恩もある。彼女のほうも、当然自分が選ばれるものと思っているのではないか。表情にこそ出さずとも、玉袋を揉む手つきが妙にいやらしい。

ただ、渚も魅力的な女性である。アソコも見せてくれたし、たった今射精に導かれたばかりだ。それに、選ばれなかったらむくれそうである。

どちらを取っても角が立ちそうで決められない。おまけに、ふたりからじっと見つめられ、繁昌は追い詰められた。

その挙げ句、

「あの、両方と」

と、苦し紛れの返答を口にする。これに、人妻たちがプッと吹き出した。

(まったく、おれってやつは)

顔が熱く火照る。馬鹿なことを言ったと、自分でもわかっていた。そのため、次の彼女たちのやりとりに動揺する。

「じゃあ、リクエストに応えてあげましょうか」

「そだね」

美貌が両側から接近し、繁昌は反射的に瞼を閉じた。何が起こるのかと、胸を高鳴らせる。

(ひょっとして同時に？)

そんなことが可能なのかと思ったとき、唇にふにっとしたものが触れた。それも左右から。

(え、マジで⁉)

初めてのキスの相手が麗しい人妻ふたりなんて、この世で自分だけではないのか。しかも、股間を愛撫されながらなのだ。

「ンふ……」

悩ましげな息づかいが、どちらのものなのかわからない。それだけ舞いあがっていたのである。

「舌出して」

それが渚の声だというのはわかった。怖ず怖ずと差し出せば、ふたつの舌がチロチロと戯れてくる。

(ああ……)

くすぐったくも官能的な心地にどっぷりとひたり、鼻息が荒くなる。それがふたりに当たったら、昂奮しているのが丸わかりだと思い、懸命に抑えた。

チュッ……ぴちゃぴちゃ。

人妻たちの舌づかいが大胆になる。年下の男とだけでなく、女同士でもふれあっているのではなかろうか。そう考えたら、ますます昂奮する。

間もなく、三人の唇がぴったりと重なった。

今度は舌を差し入れて、口の中で絡め合う。温かくてトロリとした唾液も、たっぷりと飲まされた。

熟れ妻とギャル妻を相手に、代わる代わる深いくちづけを交わす。いつしか繁昌は、頭がボーッとしてきた。

(おれ、誰とキスしてるんだろう……)

右が渚、左が美保子だとわかっているのに、その右左がはっきりしない。それどころか、上下や天地の感覚も怪しくなっていた。この上なく甘美な状況に置かれ、まさしく宙に浮かんだ心地になっていたためであろう。

長いくちづけが終わり、瞼を開く。目の前に、ふたつの上気した美貌があった。やけに色っぽくて、彼女たちと唇を交わした実感もふくれあがる。

「どうだった?」

美保子に感想を求められたが、うまく言葉が出てこない。そもそも、これほど類い稀《まれ》なひとときは、数多の名文家だって表現できないはずだ。

「……最高でした」

ようやく絞り出せたのは、ごく平凡な返答。それでも、ふたりは満足げにうなずいてくれた。

「それはそうでしょ」

渚が得意げに言い、年上の友人を艶っぽく見つめる。

「美保子さんとのキス、あたしもうっとりしたし」

「バカね」

美保子が照れくさそうにほほ笑む。やはり女同士でも親密にふれあっていたのか。

「チンポがすごいことになってるよ。こんなにおツユをこぼして」

しなやかな指が、亀頭をヌルヌルとこする。そこが多量の粘液にまみれていると、見なくてもわかった。射精欲求も限界近くまで高まっている。

「だったら、オマンコに挿れさせてあげたほうがいいんじゃない」

「うん。あたしが先にしてもいい？」

「いいわよ」

今度は選ばせるのではなく、渚が立候補して難なく決まった。年上の人妻は、すでに最後までしているから譲ったのだろうか。

（渚さんともセックスができるのか）

全裸になることを促されたとき、美保子と最後までできるのだと期待した。もちろん渚でもかまわない。むしろ多くの女性を知りたかった。

「筆下ろしは騎乗位だって、繁昌クンが言ったけど」

「ええ、そうね」

「だったら、あたしは正常位にする」

交わる姿勢が決められる。渚はラグマットに仰向けで寝そべると、曲げた両膝を大きく開き、秘苑を大胆に晒した。

「さ、チンポを挿れて」

淫らな誘いに、頭がクラクラする。繁昌は分身を上下に振り立てながら、後先考えず彼女に身を重ねた。

女体はスレンダーでも柔らかく、肌のぬくみとなめらかさもたまらない。間近で目にするギャル妻は、派手なメイクもいっそうチャーミングに映った。もっと深く結ばれたくなったものの、

(あれ、どうやって挿れたらいいんだ?)

軽いパニックに陥ったのは、初体験がまったくの受け身だったからだ。能動的に挿入した経験はなく、しかも下半身には目がない。

どうすればいいのかと焦ったとき、ふたりのあいだに脇から手が入れられた。

「ここに挿れるのよ」

美保子だった。牡の猛りを握り、入るべきところに導いてくれたのである。

「あ、すみません」

恐縮して礼を述べると、年上らしくアドバイスをされる。

「いきなり抱きつくんじゃなくて、まずはオチンチンを挿れなくちゃ」

言われて、たしかにそうだなと納得する。アダルトビデオでも、男優はからだを起こしたまま挿入し、それから覆いかぶさっていたではないか。

これから気をつけようと反省し、そろそろと腰を進める。温かな潤みに亀頭がぬぷりと入ったところで、筒肉の指がはずされた。

「あふっ」

渚が短く喘ぎ、顎を反らす。さらに剛棒を送り込めば、ヌルヌルした淫窟に抵抗もなく呑み込まれた。

「あ、あ、くぅうーン」

色めいた反応と、分身を包み込まれる感触で、深く結ばれたのだとわかる。

(おれ、渚さんともセックスしたんだ)

ふたり目の女性。そして、ふたり目の人妻。まだ恋人と呼べる存在はいないけれど、男として着実に経験を積んでいる気がした。

「ね……キモチよくして」

目をトロンとさせて、渚がせがむ。繁昌は「わかりました」と返事をし、腰を小刻みに動かした。最初からアダルトビデオの男優みたいに抽送《ちゅうそう》するのは無理な話で、真似をしたらせっかくした挿入したペニスが抜けそうだったのである。

(こんな感じでいいのかな)

覚束なくヒコヒコと腰を振るうちに、やり方が少しずつ摑めてくる。焦らずゆっくりと出し挿れすることで、ストロークの幅が大きくなった。

「あ……ああっ、あん」

渚の喘ぎ声も励みになる。

(おれ、女のひとをチンポで感じさせてるんだ)

嬉しくて、ピストン運動にいっそう熱が入る。彼女もより深く迎えようとしてか、両脚を掲げて牡腰に絡みつけた。それにより、女芯が上向きになる。

繁昌は真上から腰を叩きつけるようにして、濡れ窟を深々と貫いた。

「そ、それいいッ。もっとぉ」

渚がよがり、ハッハッと息をはずませる。

人妻ふたりとくちづけを交わし、繁昌はかなり高まっていたのである。けれど、初めての正常位で緊張したために、上昇が抑えられたようだ。

抽送に慣れたことで、気持ちに余裕ができる。膣内の心地よさも味わえるようになり、今度は忍耐が危うくなった。

(こら、まだだぞ)

渚はまだイッてないのだ。途中で終わったら、落胆させることになる。もしかしたら気分を害して、二度とさせてくれないかもしれない。

繁昌は奥歯を噛《か》み締め、規則正しいリズムで蜜穴を穿《うが》った。

「すごいわ……オチンチンが出たり入ったりしてる」

真後ろから美保子の声がした。どうやら結合部を覗き込んでいるらしい。熟れ妻の視線を意識して、陰嚢と尻の穴がムズムズした。

(ああ、まずいよ)

頭の中で、快美の火花がパッパッとはじける。射精欲求が秒単位で大きくなり、このままでは長く持ちそうにない。

繁昌は観念し、爆発間近だと伝えようとした。そのとき、渚が「イヤイヤ」とかぶりを振る。

「あああ、あ、い、イキそう」

絶頂のとば口を捉えたのだ。ここは我慢するしかないと、懸命に尻の穴を引き絞る。

「う、う、あ——も、もうダメ」

スレンダーな女体がガクガクと波打つ。繁昌も限界が迫っていた。

「おれも、もうすぐです」

「な、中に出してっ。あ、あ、イクッ、イクッ」

嬌声のトーンがはね上がる。膣奥が熱くなり、蕩けた媚肉が亀頭にまつわりついた。

「な、渚さん、出ます」

「イッちゃう、イッちゃうっ、うううううっ！」

ぎゅんとのけ反った人妻の子宮口に、繁昌は精汁を勢いよくしぶかせた。ぎくしゃくした腰づかいを、どうにかキープしながら。

「お、おっ、う——くうぅ」

尿道を熱いものが通過するたびに、総身が感電したみたいにわななく。強烈な快美を伴った射精で、体内のエキスをすべて吸い取られる感覚を味わった。

（これがセックスなのか——）

受け身ではなく自らの腰づかいで、年上の女性をオルガスムスに至らしめたのである。二回目のセックスで、早くも性の奥義を掴み取った気がした。

脱力した渚に、汗ばんだ肌を重ねる。深い息づかいを同調させ、気怠《けだる》くも心地よい余韻にひたっていたとき、耳元に息を吹きかけられた。

「ねえ、次はわたしよ」

やけに情感のこもった美保子の声。男女の交わりを間近で見物しながら、かなり昂ったとみえる。おそらく、秘部をしとどに濡らしているのだろう。

（……からだ、持つかな）

終わりそうにない淫靡なひとときに、繁昌は囚《とら》われの気分を味わった。

第三章　若妻は男をイカせたい

1

週明けの月曜日、午後のひとコマ目の講義が終わる。

「ハンジョウも、このあとは何もないんだろ。学食に寄っていかねえか」

一緒に受けていた吉田に誘われ、繁昌は、

「いや、おれは帰るよ」

と断った。

「なんだよ、付き合い悪いなあ。お前、最近大学が終わったらすぐ帰るよな」

不満をあからさまにされ、ドキッとする。事実だったのに加え、理由が理由だから後ろめたさを感じたのだ。

とは言え、どうしてなのかを説明するわけにはいかない。

「そりゃ、おれだって考えるところはあるさ。卒論もそうだけど、就職のことだってあるし、今からちゃんと準備しなきゃまずいだろ」

この弁明に、吉田は戸惑いを浮かべた。

「え、ハンジョウって、もうそこまで考えていたのか？」

「当たり前だろ。のんびりかまえてたら泣きを見るんだからな」

卒論や就職なんて、繁昌だって今は二の次である。けれど、友人から真っ当なことを言われて、吉田も焦りを覚えたらしい。

「たしかにそうだな……」

不安げな面持ちを見せた彼に、繁昌は「それじゃ、お先に」と手を振った。胸の内で（すまん）と謝罪しながら。

講義室を出るときに、同じゼミになった麻優とぶつかりそうになる。

「あ、ごめん」

繁昌が謝ると、彼女が何か言いたそうに口を開きかける。それから、気まずげに目を伏せた。

（え、どうしたのかな？）

ぶつかりかけたのを咎めたかったようには見えなかった。何か訊こうとして諦めた感じである。

さりとて、いちいち気にしているゆとりはない。早く帰らないと、お楽しみの時間が減ってしまう。

繁昌は麻優に「じゃ、また」と告げ、その場をあとにした。ほとんど駆け足で帰路につく。

団地の我が家に帰り着くと、繁昌は真っ先に漫画ルームへ入った。

(あ、いた――)

平日のいつもの光景に、胸がはずむ。

ふたつの大きなクッションを占領しているのは、ふたりの人妻だ。腹這いでヒップを掲げている美保子と、ミニスカートで行儀悪く胡坐をかいている渚。

どちらも繁昌が帰ってきたとわかったはずなのに、漫画から目を離さない。お帰りすら言ってくれなかった。

もっとも、そのほうがこちらとしても都合がいい。何をしてもかまわないというサインみたいなものだからだ。

繁昌は美保子に歩み寄ると、脇に膝をつき、豊満な着衣尻に顔を埋めた。穿いていたジーンズはソフトタイプで、お肉の柔らかさがちゃんとわかる。

「うう」

もっちりした弾力に、歓喜の呻きがこぼれる。憧れてやまなかった人妻のおしりを、好きに愛《め》でることができるなんて夢みたいだ。

渚と初めて会い、セックスもしたあの日、繁昌は美保子とも交わった。そのあと、人妻たちの濃厚なフェラチオで復活すると、ふたりに代わる代わる挿入するという、淫らこの上ない体験をしたのである。

そこまでしてしまえば、あとは何をしようがかまわないであろう。

彼女たちが家に出入りするのを許す代わりに、肉体を好きに弄《もてあそ》んでもかまわない。口頭なり文書なりで明確に約束を交わしたわけではないが、あれ以来、そんな不文律が三人のあいだに醸成された。

繁昌は欲望のままに、漫画を読み耽《ふけ》る人妻に手を出した。いちおう読書を妨げないよう、主に下半身を狙って。

スカートをめくり、あるいはジーンズを脱がせて下着を見るのなんて序の口だ。さらに秘められたところも確認し、指や舌で愛撫する。そこまでされても著しい反応を示さず、漫画に夢中のときには、諦めてもうひとりに挑む。

女性たちは、愛撫されてその気になれば、猛々しく脈打つ牡器官を握ってくる。また、秘部をぐしょぐしょにしてもなお、漫画から目を離さないこともあった。

そんなときは、勝手に挿入させてもらう。美保子はだいたい俯せだからバックスタイルで。渚は仰向けに寝てもらい、繁昌は膝を離した正座スタイルでペニスを挿《い》れた。

さすがに蜜穴を突きまくられると、彼女たちもよがりだす。諦めて本を投げ出し、男女の行為に熱中するのだ。それに煽られてもうひとりも加わり、３Ｐになったこともある。

すでに二週間も、そんな爛《ただ》れた午後を過ごしてきた。彼女たちも、漫画よりセックスが目的で部屋に来るのではないのかと思えるときがある。

若くて性欲が有り余っている繁昌には、欲望を発散できる異性がいるのは有り難い。だからこそ講義が終わると早々に帰宅して、快楽を貪るのである。

今も熟れ尻の弾力を堪能し、後ろから股間に鼻面を突っ込んだ。

「もう……」

と、美保子があきれた声を洩らすのもかまわずに。

（ああ、いい匂い）

熟れすぎた果実のような甘酸っぱさ。どこか蒸れた趣もある。もしかしたら、帰宅した青年に犯されるのを期待して、すでに濡らしているのではないか。

それを確かめるために、ジーンズを脱がせる。ソフトタイプだから、簡単に剝き下ろすことができた。

（うわ、エロい）

下に穿いていたのは、ピンク色のパンティ。色こそ愛らしいが、後ろ全面がレースになっており、割れ目がはっきり見える。大人の女性にこそ相応《ふさわ》しい、セクシーなインナーだ。

いつもこんな格好で脱がされ、真っ先におしりを見られるから、サービスのつもりで選んだのか。繁昌は胸を高鳴らせつつ、股間の隙間に指を入れた。

（あ、濡れてる）

思ったとおり、クロッチは湿っていた。汗や尿ではなく、淫らな分泌物を吸ったせいに違いない。

事実、レースの薄物を脱がせたところ、秘部が当たっていた裏地には、透明な粘液がべっとりと付着していた。

下半身をすっぽんぽんにされても、美保子は漫画から目を離さない。ただ、誘っているかのごとく、剝き身のヒップを左右に揺らす。

(いやらしすぎるよ)

すぐにでも豊臀に顔を埋め、陰部の恥ずかしい風味を味わいたくなる。彼女もきっと、それを望んでいるに違いなかった。

なのにそうしなかったのは、焦らしたらどうなるのかと思ったからだ。美保子がおねだりをするところも見てみたかった。

半裸の熟れ妻をそのままにして、渚のほうに膝を進める。クッションに背中をあずけた彼女を、正面からじっと見つめると、肩がピクッと震えた。明らかにこちらを意識している。

うずくまるようにして股間を覗き込むと、光沢のある青緑色のパンティが喰い込んでいた。縦ジワをこしらえるクロッチの中心には、ポツッと濡れジミがある。

(渚さんも濡れてるのかな?)

確かめたいというこちらの意図を察したみたいに、ギャル妻が胡座をほどく。両脚を開いて投げ出し、さらにおしりの位置を前にずらした。スカートがめくれて、下着が丸出しになるのもかまわずに。

おかげで、繁昌のほうは手を出しやすくなる。もっとも、実際に出したのは手ではなく、顔であったが。

「え、ちょっと」

渚が戸惑った声を洩らす。繁昌が股間に顔を埋めたからだ。それでも抵抗しなかったのは、これが初めてではないからである。

「まったく……」

諦めたふうにつぶやき、ため息をつく。何も言わなくなったから、再び漫画を読み出したのだろう。

それをいいことに、チーズフレーバーの秘臭を深々と吸い込む。この数日、彼女は生理だったので、しばらく嗅げなかったのだ。

（渚さんの匂いだ——）

数日ぶりなのに、懐かしく感じる。渚のほうも、クンニリングスをされたくて焦れていたのではないか。

ラグマットの上で、おしりがくねくねと揺れる。早く舐めてと訴えるかのように。

無言のリクエストに応じて、パンティを引き下ろす。無毛の女芯があらわになり、こもっていたかぐわしさが熱気とともに放たれた。

（やっぱり濡れてる）

花びらのあいだに、わずかに濁った愛液が溜まっていた。たまらなくなっているのを目でも確認し、劣情がふくれあがる。

繁昌は口をつけ、ほんのり塩気のある恥蜜をすすった。

「ううン」

渚が呻き、陰部をすぼめる。バサッと音がしたから、本を脇に置いたらしい。漫画よりも快楽を優先する気になったようだ。

「クリちゃん吸って」

視界に入った指が、フード状の包皮を剝きあげる。艶めく真珠があらわになり、裾のほうにちょっぴり白いものがこびりついていた。

(これ、恥垢《ちこう》なのかな)

女性にもそういうものがあるのかと、親しみを覚える。ただ、毎回じっくり観察したわけではないから、これまで気がつかなかっただけかもしれない。

魅力的な人妻のものだから、嫌悪感など微塵もない。むしろどんな味なのかと好奇心に駆られ、ためらいもなく桃色突起を吸いねぶった。

「あああッ」

嬌声がほとばしり、ヒップが浮きあがる。頭をキツく挟んだ内腿が、ビクビクと痙攣するのがわかった。

（すごく感じてるぞ）

やはり待ち焦がれていたと見える。ダイレクトな反応が嬉しい。恥垢のわずかな苦みも美味《おい》しく感じられた。

早くも硬くなった尖《とが》りを、舌先でぴちぴちとはじいてあげる。渚は「あふっ、はッ」と喘ぎ、下腹を波打たせた。

そのとき、

「エヘンっ」

苛立ったような咳払いが聞こえる。いったん秘苑から口をはずし、美保子のほうを確認すれば、クッションの上でたわわな双丘がくねっていた。放っておかないでと憤慨するみたいに。

（美保子さんも、クンニしてほしいんだな）

できればはっきりと口に出してもらいたい。だが、最年長のプライドもあって、そう簡単にはおねだりなどしないだろう。

仕方ないかと、繁昌は身を起こした。

「ちょっと待っててください」

そう告げて離れると、

「え、どういうこと？」

渚が不満をあからさまにする。それを無視して熟れ妻の背後に進み、いきなり臀部を鷲摑みにした。

「ウン」

美保子が呻き、裸の腰をピクンと震わせる。こちらが何も指示していないのに、脚を開いて尻を高く掲げる体勢になった。

腿の付け根から繁みが覗く。しっとりと濡れた感のあるそこから、酸味を帯びた乳酪臭がたち昇ってきた。

（もう、たまらなくなってるんだな）

だからこそ、こっちに来てと合図したのだ。

繁昌は摑んだ尻肉を左右に分けた。臀裂がぱっくりと割れ、色素が薄らと沈着した谷底が晒される。顔を寄せると、そちらは熟成された汗の匂いが強かった。

可憐なツボミが物欲しげにヒクつく。早く舐めてとせがむみたいに。

とは言え、彼女がキスしてほしいのはアヌスではなく秘め園なのだ。そんなことはわかりつつ、繁昌は意に反した部分に舌をのばした。

「ひっ」

秘肛をひと舐めされ、美保子が息を吸い込むような声を洩らす。尻割れを焦って閉じようとしたらしいが、繁昌は開いた臀部を両手でがっちりと固定していた。

「ちょ、ちょっと、ダメ」

とうとう声に出して抗《あらが》ったものの、恥ずかしい穴をほじるようにねぶられてしまう。

「あ、あ、バカ、く、くすぐったいぃ」

腰をくねらせ、膝から下をジタバタさせたところで無駄である。すでに何度もされているから、彼女だってわかっているはずだ。

なのに抵抗するのは、実は感じているのを悟られたくないからだろう。

(どんどん敏感になってるみたいだぞ)

最初に舐めたときよりも、喘ぎっぷりが著しい。肛穴もせわしなくすぼまって、もっともっとと求めているかに見えた。

「わ、わたし、さっきウンチしたばかりなんだからね。繁昌君、ホントに病気になっちゃうから」

それが事実なのか、あるいは怯ませるためのでまかせだったのかはわからない。だが、仮に本当だとしても、団地のトイレは洗浄器付きだ。そもそも匂いも付着物もなかったから口をつけたのである。

いや、排泄後の生々しい臭気が残っていたら、かえって昂奮したかもしれない。美保子だって、こうなるとわかっていて綺麗にしたはずだ。

「何よ。あたしのマンコより、美保子さんのウンチの穴のほうがいいっていうの」

すぐそばで恨みがましげな声がする。渚だ。途中で放り出されて、かなり怒っているらしい。

(そう言えば、渚さんのおしりの穴って、舐めたことなかったな)

繁昌はギャルみたいな、ぐいぐい来るタイプの女性は苦手だった。妙なことをしたら蹴飛ばされるのではないかと、遠慮していた部分もある。

そもそも、美保子の秘肛に口をつけたのは、魅惑の豊臀にずっと憧れていたためだ。密着して愛でた延長線上に、アヌスがあったのである。

そのとき、渚からアナルねぶりの辱めを受けたことを思い出す。今こそあのお返しをしてやろう。

繁昌は熟れ尻から顔をはずし、ギャル妻に向き直った。

「四つん這いになってください」

要請され、渚が気圧されたみたいに首を反らす。繁昌がこれまでになく堂々としていたから、戸惑ったのか。

それでも、快感を求める気持ちには勝てなかったらしい。素直に両膝と両肘をラグマットにつけた。

「ほら、ナメナメして」

と、年下の男の前におしりを突き出す。渚はいつの間にかミニスカートを脱いでいた。

しかしながら、彼女もわかっていたのではないか。こんなポーズを取ったら、どこに舌を這わされるのかを。

あからさまにされた無毛の女芯は、またも花弁の狭間に蜜を溜めていた。これからというところでクンニリングスを中断され、かなり焦れていたのが窺《うかが》える。

見ているあいだにも液溜まりが膨張し、今にも滴りそうだ。早く吸ってと、もどかしげに揺れるヒップがせがむ。

とりあえず、恥芯に唇をつけ、溜まっていたラブジュースをすすった。

ぢゅぢゅぢゅッ――。

派手な音が立ち、それをかき消すように「あひぃいいいっ！」と艶声が放たれる。肉体が燃えあがっていたため、敏感なところを攻められなくても感じたようだ。

渚は、このまま秘核をねぶってもらえると思っているに違いない。その期待を裏切り、舌をちんまりした後穴へと移動させる。

「キャッ、ば、バカっ。ヘンタイっ！」

軽く舐めただけで、渚に罵られる。そのぐらいは想定内だったので、逃げられないよう腰をしっかり捕まえて、舌を律動させた。

「あ、あ、あ、やめてってばぁ」

彼女はなかなかおとなしくならない。身をくねらせ、どうにかして逃れようとする。

（おれのを平気で舐めてたのに、されるのはこんなに嫌がるなんて）

排泄口ゆえに抵抗があるのなら、自分がするのも無理だろう。ということは、肛門が感じるのを知られたくなくて、やめさせようとしているのではないか。

それにしては、いくら続けても乱れなかった。

おとなしくさせるべく、繁昌はギャル妻の下半身に抱きついた。おしりを持ちあげて、華芯とアヌスを行ったり来たりで唾液まみれにする。

すると、反応に変化が現れた。

「イヤ、あ、あふ、うふふふふぅ」

切なげによがり、柔肌をピクピクさせる。両方を攻められることで、悦びが爆発的に高まったようだ。

（やっぱり、感じるのを知られたくなかったんだな）

もはや抵抗すらできなくなったか、ラグマットに顔を伏せて喘ぐ。鋭敏な反応を示すのはクリトリスのほうだが、アヌスを舐められても悩ましげな声を洩らした。

だったら、同時に攻めたらどうなるのか。秘核を吸いねぶりながら、繁昌は後ろのツボミを指でこすった。すると、

「ダメダメ、あ、あ、イヤぁあああ」

渚が悲鳴にも近い声を高々と放つ。快感が一気にレベルアップしたふうに。

これはいいと、繁昌は二箇所責めを継続させた。途中で指と舌を交替させると、また「ダメダメ」とすすり泣く。

「そ、それ、感じすぎるんだからぁ」

いつになく愛らしい声音に、ときめかずにいられない。

(けっこう可愛いひとなんだな)

ますますいじめたくなり、二本揃えた指を膣へ挿入した。一本だと足りない気がしたからだ。

「あおおっ」

よがり声のトーンが低くなる。そのぶん、肉体の深部で感じているようである。

指ピストンとアナル舐めを同時に展開させると、渚はいっそう乱れた。

「ダメダメ、ホントにダメ、おかしくなっちゃう」

息づかいもハッハッと荒い。そのくせ、膣ヒダは歓迎するみたいに指を締めあげるのだ。

これならすぐにイクのではないか。頂上へ導くべく、指と舌の動きを同調させていると、淫らな懇願が耳に入った。

「お、お願い、チンポ挿れて。エッチでイキたいのぉ」

繁昌は勃起していた。疼《うず》く分身をどうにかしてほしいと、密かに願っていたのは確かである。

そのため、あられもない願いを聞いて、瞬時にその気になった。

（よし、そこまで言うのなら——）

ギャル妻の陰部から顔をはずし、指も抜く。ズボンとブリーフをまとめて脱ぎおろし、自身も下半身をすべてさらけ出してから、ケモノのポーズを取る女体に真後ろから挑んだ。

カウパー腺液で濡れた切っ先を恥割れにこすりつければ、熱さが粘膜に染み渡る。

彼女とセックスをするのは初めてではないし、前にもバックスタイルで交わったのに、やけに新鮮な気がした。

「ああ、早くぅ」

渚が艶腰をくねくねさせる。彼女がここまで女っぽくおねだりをするのは初めてだ。

(よし、挿れてやる)

繁昌も鼻息を荒くして、成熟したスリムボディに挑んだ。腰を前に送れば、強ばりきった肉の槍が狭穴をずぶずぶと犯す。

「あはぁっ」

着衣の上半をのけ反らせ、渚が喘いだ。ペニスに媚肉がぴっちりとまといつき、逃さないとばかりに締めつける。

(うう、気持ちいい)

快美の火花が脳内でスパークする。繁昌はすぐさま分身を出し挿れさせた。それもせわしない腰づかいで。

パンパンパン——。

尻肉に下腹を打ちつければ、

「あ、あ、ああっ」

ギャル妻が髪を乱してよがる。指よりもペニスを望んだだけのことはある感じっぷりだ。

おかげで繁昌のほうも、ピストン運動に熱が入る。

唾液に濡れて赤みを増した秘肛の真下、見え隠れする筋張った肉胴には、白い濁りがべっとりと付着している。そこからたち昇るのは、男女の酸っぱい淫臭だ。

（うう、たまらない）

卑猥な光景と匂いに劣情を煽られ、陽根を気ぜわしく抽送する。そのとき視界の右側に、別のおしりが入り込んだ。

（え？）

クッションの上で俯せになっていたはずの美保子だ。放っておかれてばかりで我慢できなくなり、自らおねだりする心づもりになったらしい。

「ねえ、わたしにも挿れて」

渚と横並びになり、高く掲げた熟れ尻をぷりぷりと揺する。男にしてくれた女性であり、ストレートな求めに応じないわけにはいかない。

繁昌は猛るイチモツを抜去した。渚が「イヤイヤ」と引き止めるのを無視して横に移動し、もうひとつの蜜穴に突き挿《さ》す。

「くぅーン」

愛らしい声を洩らし、美保子が総身をブルッと震わせる。中は熱さが著しく、柔ヒダが奥へ誘い込むように蠢《うごめ》いた。

鼻息も荒く腰振りを始めれば、十往復もしないうちに、

「あたしにもチンポちょうだい」

渚が切なさをあらわにせがむ。ぱっくりと開花した淫華から、薄白い蜜を滴らせて。

リクエストに応じて、繁昌はギャル妻の女芯を再び貫いた。

代わる代わる人妻の穴を蹂躙《じゅうりん》することで、ふたりの違いが鮮明になる。締めつけは渚のほうが著しく、内部は輪っか状のヒダが幾重にもなっているようだ。

一方、美保子はしっとりと包み込む感じである。奥にある狭まりが、亀頭の段差をぷちぷち刺激するのもたまらない。

どちらがいいというのではなく、どちらも気持ちがいい。あられもない反応も含めて最高の女体であり、それを同時に味わえるとはなんて贅沢なのか。

「ああ、あ、いい、マンコ感じる」

「くうう、も、もっと激しく突いてぇ」

異なる声のトーンにも煽られて、右に左に素早く移動する。疲れも知らずふたりを責め苛《さいな》むうちに、頂上が迫ってきた。

（うう、そろそろかも）

彼女たちもかなり高まっているようである。とりあえずひとりを満足させてから、改めてもうひとりを可愛がったほうがよさそうだ。

一度果てたぐらいで終わりとはならない。人妻たちを相手にするときには、最低でも二回ほとばしらせるのが常だった。

では、順番はどうしようと悩んだとき、

「う、うう、も、ダメ……イッちゃいそう」

渚が腰回りをピクピクさせる。だったら先に彼女をと、腰振りのスピードをマックスまであげた。

「あああ、ダメッ、ダメッ、イッちゃう、イクイクイクぅ」

高らかなよがり声が本棚に反響する。締めつけが強烈になった蜜窟の奥に、繁昌は熱い滾《たぎ》りを放った。蕩ける快美感に、腰をぎくしゃくさせながら。

「あ、あひっ、出てるぅ」

ほとばしりを受け止めた渚が、満足そうに息をつく。生理中でセックスができなかったとき、彼女は勃起をしゃぶりながら、

『あー、早くこれをマンコに突っ込まれて、奥にどぴゅどぴゅ射精してほしい』

と、品のない願望を口にしたのだ。

膣内のどよめきが収まるのを待って、分身を引き抜く。それが力を失う前に、美保子の膣穴へ急いで挿入した。

「あふっ」

熟れ妻が喘ぎ、豊臀を強ばらせる。射精後で敏感になっているペニスに、濡れた柔穴が心地よかった。

腰が怠く、すぐに激しいピストンを繰り出すのは無理である。ゆっくりと出し挿れすることで、海綿体の充血をキープした。

「ああん」

美保子は焦れったげであるが、牡のエキスをしぶかせたばかりだとわかっているのだ。年長者らしく無理なお願いはせず、緩やかな抽送を受け入れる。

ふと脇を見れば、脱力して横臥した渚が瞼を閉じていた。胎児のようにからだを丸めた彼女の、太腿の付け根あたりを中出しされたザーメンが伝う。それはラグマットに落ちて、丸い液溜まりをこしらえた。

(たまには洗ったほうがいいかな)

ここで何度も淫らな行為に耽ったため、ラグマットは男女の体液や汗を吸っている。予備のやつが両親の寝室だった部屋にあるはずだから、今夜にでも取り替えよう。今のこれはコインランドリーで洗えばいい。

そして、明日からまた、新たな気分で彼女たちと交わるのだ。

「わたしの中にも、あったかいのをいっぱい出して」

美保子が熱っぽい声音でねだる。彼女は生理が重いためにピルを服用しているので、いつでも中出しOKだと言われていた。

「わかりました」

たわわな丸みを両手で支え、徐々に抜き挿しのスピードをあげる。雁首《かりくび》が外れるギリギリまで後退し、勢いよく戻すと、熟れ妻が「きゃふッ」と愛らしい声で啼《な》いた。同時に、双丘にぷるんと波が立つ。

(ああ、気持ちいい……)

素敵なおしりの彼女が、お隣さんである幸運を噛み締める。繁昌はリズミカルに腰を振った。

2

変化があったのは、その翌日であった。いつものように急いで帰ったところ、玄関に見知らぬシューズがあったのだ。

（あれ？）

美保子と渚の履き物はちゃんとあるから、新たな訪問者がいるらしい。おそらくは、ふたりの知り合いなのだろう。

ということは、そのひとともセックスできるのだろうか。

（４Ｐか……からだ持つかな）

いやらしい期待を抱きつつ、漫画ルームのドアを開けると、果たしてそこには三人の女性がいた。

指定席であるクッションに背中をあずけ、漫画を読んでいるのはギャル妻の渚。もうひとつには美保子と見知らぬ女性が、ぴったりと身を寄せて坐っていた。

（え、誰？）

三十代の人妻たちよりも、ずっと若い。二十代なのはまず間違いないし、自分とそう変わりないのではないかと思えた。

おそらくそれは、フリルで装飾された愛らしいブラウスと、頬のふっくらした童顔のせいもあったろう。目も大きくて小柄だし、少女漫画から抜け出したみたいだ。

それゆえ、人妻たちの中では浮いている。

「あ、お帰り」

美保子が言うと、隣の女性がぺこりと頭を下げる。渚はこちらにチラッと視線をくれただけで、また漫画に戻った。

「ただいま。あの、その方は？」

質問に、美保子が答える。

「栃川綾花《とちかわあやか》さん。この団地に住んでるんだけど、棟が違うから繁昌君は初対面かしら？」

「ええ、はい」

「綾花さんもわたしたちと同じで、旦那さんがいるのよ」

独身ではないと教えられ、繁昌はかなり驚いた。あるいは美保子の姪っ子で、まだ学生ではないかと推測したのだ。

だが、膝の上で揃えられた手を見れば、左の薬指に銀のリングがある。

(このひとが人妻だって？)

証拠を目にしても、まだ信じ難い。ひょっとして十代で結婚したのだろうか。

団地は六棟あるから、離れた棟の住人と顔を合わせることはそうない。外出する時間や方角が一緒なら別であるが。

美保子と綾花は同じ団地の人妻同士ということで、前から交流があったと見える。ただ、渚はちょっと余所余所《よそよそ》しい。繁昌と同じく今日が初対面なのか。

(渚さん、あまり機嫌がよくないみたいだな)

漫画を読みながらも仏頂面である。綾花がいたらいやらしいことができず、面白くないのかもしれない。

「綾花さんは二十歳で結婚して、この団地に来たの。今は二十三歳よ」

さすがに十代で結婚したわけではなかった。ただ、三つ年上だとわかっても、本当かなと疑ってしまう。顔立ちも雰囲気もあどけないし、むしろ年下と言われたほうがしっくりきたであろう。

とは言え、夫がいるのだから処女ではない。男になって日が浅い繁昌よりも、長くセックスに親しんでいるのである。

「綾花さんも漫画を読みにここへ？」

質問してから、並んで坐るふたりの人妻の手に、本がないことに気がついた。

「ううん、わたしに相談があるんだって。夫婦のことだっていうし、渚さんにもアドバイスしてもらえるじゃない」

などと言うわりに、渚は少しも乗り気ではなさそうに映る。

「お邪魔してごめんなさい。他にひとがいるところだと相談しづらいし、ここなら誰にも聞かれないからって美保子さんに言われて――」

綾花が申し訳なさそうに弁明する。美保子が彼女をここへ誘ったようだ。

(いや、おれの意向は無視かよ)

漫画を読むのに出入りは自由だと、合鍵を渡してある。だからと言って、誰でも好き勝手に連れ込んでいいわけではない。渚のように、淫らな関係を結ぶ意図があるのなら別だけれど。

(綾花さんは、そんな感じじゃなさそうだしな)

繁昌の前で肌を晒すとは思えないし、4Pなんて絶対に無理だろう。ということは、金輪際性的な戯れをしまいと、美保子は若妻を連れてきたというのか。

昨日は久しぶりに三人で快楽を貪り、繁昌はふたりの中に二回ずつ、精液を注ぎ込んだ。渚は夫が留守だから問題なかったようだが、美保子は帰る時間が遅くなったために、かなり焦っていた。同居する姑に小言を言われるからであろう。

あるいは、かなり叱られたのかもしれない。そのため、これからは誘惑に乗るまいと、第三者をこの場に引っ張り込むことにしたのだとか。

(じゃあ、おれとはもうセックスしないってこと?)

但し、あくまでも単なる予想である。美保子にそこまでの意図はなく、ただ綾花の相談に乗るため、ここへ連れてきただけとも考えられる。

そうだとしても、三人目の人妻がいる限り、親密なふれあいは不可能だ。

「あの、それで、さっきの続きなんですけど——」

綾花と美保子が言葉を交わす。いったいどんなことを話しているのか気になって、繁昌は漫画を一冊取って腰を下ろした。視界に入ったら彼女たちが話しづらいだろうと、渚の陰に隠れるようにして。

(——て、ここはおれの家なのに)

コソコソするなんて卑屈すぎる。

本に目を落としながら聞き耳を立てていると、どうやら夫婦関係に関する悩み相談のようだ。

「男のひとって、みんな浮気願望があるんですか？」

綾花が嘆くようにこぼす。夫が他の女性に目移りするので困っているらしい。

(こんな可愛い奥さんがいるのに、旦那が浮気をするっていうのか？)

しかも、結婚してまだ三年なのだ。その前から付き合っていたにしろ、飽きるには早すぎるのではないか。

ただ、夫も同じぐらいの年齢なら、若さゆえに欲望本位なのもうなずける。繁昌だって美保子の次は渚と、節操なく交わったのだから。

まあ、彼女たちは人妻で、恋人関係ではないけれど。

「旦那さんって、ひと回り上だっけ？」

「ええと、もうちょっと上で、三十八歳です」

このやりとりに、繁昌は耳を疑った。

(三十八って、アラフォーのオッサンじゃないか！)

いい年をして若い奥さんをもらっておきながら、裏切ろうとするなんて。男の風上にも置けないやつだ。

そんなやつとはさっさと別れればいい。思ったものの、綾花にそのつもりはないらしい。それどころか、

「わたしに女としての魅力が足りないから、ウチのひとは他の女性が良く見えるんだと思うんです。どうしたらいい女になれるのか、美保子さんに教えていただきたいんです」

夫の浮気性を、自身が至らないせいだと考えているようだ。なんて健気なのかと感心すると同時に、やっぱり別れるべきだと強く思う繁昌であった。

翌日も、その次の日も、綾花はやって来た。相変わらず漫画を手に取らず、美保子に相談を持ちかける。二日目からは渚も加わり、いつしか漫画ルームは、人妻三人のだべり場と化していた。

繁昌が家の主としての特権で、同じ部屋にい続けたのは、綾花が気になったためもある。どうして浮気者の夫に気に入られようと努力するのか、そんなにも夫を愛しているのか、愛らしい若妻の本心を知りたかった。

加えて、話の中身は夫婦生活に関わるものが多く、けっこう露骨なやりとりもあったのだ。たとえば、どんな体位を男は好むとか、ベッドではどんな手順で営みを進めればいいのかなど。

そんなとき、綾花は繁昌の存在をかなり気にしているかに見えた。年下の男の前で、性的な話題を口にすることが恥ずかしかったのだろう。

さりとて、ここの住人を部屋から追い出すわけにはいかない。お邪魔しているのは自分たちだとわかっているのである。

美保子と渚はこれまでどおり、繁昌などおかまいなしだった。夫をその気にさせたいのなら、下着もセクシーなものを選ぶべきだと、綾花のスカートをめくってパンティをチェックする。自分たちのインナーも見せ、その気にさせるボディタッチもレクチャーした。

そんな彼女たちを、繁昌はさすがに直視できなかった。何を見ているのと、からかわれるに決まっている。ラグマットの端っこで、漫画を読むフリを装いながら聞き耳を立て、チラチラと流し目をくれるのが精一杯だった。

ミニスカートの渚は、相変わらずパンチラをしている。綾花も毎回のようにスカートをめくられて、むっちりした若腿ばかりか、清楚な下着が目に入ることもあった。

美保子はジーンズこそ脱がなくても、ニットをたくしあげてブラジャーを見せた。男がそそられる下着を若妻に示すためか、カップが小さめで谷間くっきりの煽情的なものを。下もお揃いだと言ったから、パンティはTバックかもしれない。

たわわな臀部がまる出しの姿を想像し、繁昌はムラムラした。さらにエロチックな会話を聞かされ、衣服越しとは言え、女同士でおっぱいを揉むところなど見せられたら、辛抱たまらなくなるのも当然だ。

おかげで、ペニスはギンギンである。ブリーフの裏地も、カウパー腺液でじっとりと湿った。

これは女体とふれあえなくて、欲求不満だったせいもあったろう。長らく異性と縁のない生活を送ってきたわけだが、美保子との初体験以来、ふたりの人妻を相手に淫ら三昧だったのである。

それがぱったりとなくなって、今や三人が帰ったあとでオナニーに耽るのみ。熟れた女体を好きにできた反動から、射精しても虚《むな》しいばかりだった。

（ていうか、綾花さんが離婚すればいいいんだよ）

可愛い妻を蔑《ないがし》ろにする夫なんて、さっさと見切りをつけるべきだ。何なら自分が代わりにと、収入のない学生の分際でおこがましいことを考える。

浮気性なのに離れがたいのは、それを凌駕する魅力があるためなのか。たとえばホスト顔負けのいい男だとか、給料が月々百万単位だとか、イチモツがでかくてセックスのテクニックにも優れ、夜の営みでは毎度失神させられるとか。

もっとも、本当に収入が多いのなら団地ではなく、高級なマンションあたりに住むであろう。何にしろ、見てくれが平凡で、童貞を卒業して日の浅い繁昌には、勝ち目などなさそうだ。

そうなると、綾花への同情心も薄れてくる。

こんなところへ来たって、夫の浮気性がなおることはない。諦めて、自分の家でおとなしくしてくれないだろうか。そうすれば美保子や渚と、またいやらしいことができるのに。

　そんな願いも虚しく、人妻女子会は夕方まで繰り広げられた。

3

「こうやって話をするばかりじゃ意味ないし、実践で学ぶべきだと思うんだけど」

　渚がそう言ったのは金曜日だった。

「え、実践って？」

　美保子が首をかしげる。

「男をヨロコばせるのに、口でどうこう言ったって始まらないってこと。ちゃんと実物を使って学ばなくっちゃ」

　三人は性愛テクニックについて、これまでになく露骨な話をしていたのだ。フェラチオのやり方や、騎乗位の腰づかいなどを。

「あの……実物っていうのは？」

　綾花が怖ず怖ずと訊ねる。そのとき、彼女の視線がこちらにチラッと向いたのを、繁昌は見逃さなかった。もしやと悟ったのだろう。

「もちろん繁昌クンよ」

渚に言われるまでもなく、繁昌もわかっていた。ここには三人以外、男は自分しかいないのだから。

（おれをモルモットにするつもりだな……）

快感を与えられるにせよ、こちらは手出しできないのではないか。まあ、黙って見ているよりはマシだが。

「そういうことだから、繁昌クン、おいで」

渚が手招きをする。

（あれ、ひょっとして？）

繁昌はもしやと思った。ギャル妻の目が、やけにきらめいていたからだ。

彼女は女同士のおしゃべりに飽き飽きしていたのではあるまいか。また気持ちのいいことがしたいと、待ちわびていたのかもしれない。だからこそ、膠着した状況を打開すべく、繁昌を引き込むことにしたのだとか。

美保子のほうも、しょうがないという顔つきながら、クッションの上で熟れ腰がくねっている。やはり淫らなことへの期待がこみあげているらしい。

だったら拒む理由はない。繁昌は膝立ちで彼女たちのほうに進んだ。

「そうね。上だけ脱いで、そこに寝なさい」

渚に命じられるまま上半身裸になり、ラグマットの上で仰向けになる。

繁昌の胸は高鳴っていた。いったい何をされるのか、まだ明らかではない。ただ、たとえ辱めを与えられるのだとしても、快感が待ち受けているのは確実だ。

「繁昌さんとおふたりは、どういう関係なんですか？」

綾花が今さらのように訊ねる。美保子のお隣さんということで、親しい間柄なのはわかっていたにせよ、詳細は聞かされていなかったのだろう。けれど、ここに来て何かを悟ったようだ。

「ま、持ちつ持たれつの関係ってとこ。とりあえず見本をみせてあげるよ」

渚は積極的だった。繁昌のズボンに両手をかけ、躊躇《ちゅうちょ》なく引き下ろす。中のブリーフごとまとめて。

「キャッ」

若妻の悲鳴が聞こえ、繁昌は反射的に目をつぶった。頬が熱く火照る。ひとりだけ素っ裸にされ、恥ずかしいところを見られたのだ。

「え、もうタッてたの？」

渚の声だ。言われるまでもなく、勃起しているのはわかっていた。つい今し方まで、人妻たちが猥雑なやりとりを交わしていたのだから。

「脚を開いて」

言われたとおりにすると、下半身に甘美な衝撃があった。

「あうっ」

たまらず声が出てしまう。猛る分身に、柔らかな指が巻きついたのである。

「ガマン汁もいっぱい出てたんだね。アタマのところヌルヌルだもん」

そんなことまで報告され、恥ずかしくてたまらない。たとえ他のふたりにも、一目瞭然であっても。

「渚さん、どうしてこんなこと――」

綾花が声を震わせる。まだ二十三歳であり、刺激が強すぎたのではないか。

「どうしてもなにも、これはあんたのためなの。ほら、こっちに来て」

渚は容赦がなかった。手でも引っ張ったのか、綾花が脇に膝をついたようである。

「これ、ダンナのチンポと比べてどう？」

下品な問いかけに、若妻はすぐには答えない。ただ、その部分に視線が注がれるのを感じる。

「……ど、どうって？」

ようやく絞り出した問い返しに、渚が答える。

「どう違うのかってこと。色とかかたちとか、あと大きさとか」

そこまで具体例を示されたら、答えないわけにはいかなかったであろう。

「えと、大きさは同じぐらいだと思います。かたちもそんなに変わらないみたい」

「色は？」

「……こっちのほうが綺麗です。新品っていうか」

アラフォー夫のイチモツは、黒々としているらしい。浮気者らしいから、たくさんの女を泣かせたせいで。

それと比較すれば、経験の浅い若茎は清らかに映るであろう。男として未熟だと言われているにも等しく、べつに嬉しくない。

「ダンナのは、ちゃんとおしゃぶりしてあげるの？」

「それは……はい」

「どこをナメるの？」

「え、どこ？」

俎上《そじょう》の魚は変わらずとも、会話を聞きながら多少は状況に慣れてきて、繁昌は薄目を開けた。

渚は股間の向こう側にいた。開いた脚のあいだに膝をつき、膨張した肉器官を握っている。

気配で察したとおり、綾花は脇にいた。困惑を浮かべつつも、牡の強ばりから目が離せない様子である。

「あのね、チンポはただしゃぶればいいワケじゃないの。ちゃんと感じるところを狙わないと、男はヨロコんでくれないから」

渚の言葉遣いと口調が、辛辣《しんらつ》なものに聞こえる。ギャルは年下の同性相手に厳しいのだろうか。

「そうなんですか？」

「知らないの？　そりゃ、ダンナが他の女と寝たがるのも無理ないわ」

この指摘に、綾花はかなり傷ついたらしい。下唇を噛み、悔しげに目を潤ませた。

ただ、負けん気も強いようである。

「じゃあ、どこをどうすればいいのか、教えてください」

挑むようにお願いする。男のカラダを本気で学ぶ心づもりになったようだ。

そのとき、美保子も動いた。クッションから尻を浮かせ、若妻の向かいに膝をつく。

「チンポは全体が性感帯みたいなものだから、握ってしごくだけでもキモチいいの。

「ただ、弱点っていうか、感じるポイントもあって――」

そこまで言って、ギャル妻が顔を伏せる。繁昌からは屹立の陰になって見えなかっ

たが、舌を出したようだ。

「ううう」

目のくらむ快美が生じ、腰がガクンとはずむ。鈴口の真下、包皮の継ぎ目部分を舌先でくすぐられたのだ。

「ほら感じてる。男はここが弱いの。それから、この段差のところも」

舌が細かく動きながら、くびれを一周する。その快感に呼吸がハッハッとはずんだ。

「ホントだ……」

繁昌の反応を見て、綾花は納得したようだ。うなずいて、顔の位置を下げる。どんなふうにするのか、しっかり観察するために。

「いきなり咥《くわ》えるってのも、場合によっちゃアリだけど、その前に焦らしたほうが男はたまんないの。他にも、こんなふうにしたりとか」

今度は筋張った肉胴が、下から上へと舐めあげられる。やはり舌を小刻みに振るわせながら。

「あ、あ」

声を出さずにいられない。渚からは何度もフェラチオをされたけれど、今が一番気持ちいい。他にふたりの女性がいて、まじまじと見られていることとも無縁ではなかったろう。

根元からくびれまで何度も辿られて、頭がぼんやりしてくる。垂れた唾液が陰嚢を濡らし、それにも腰の裏がゾクゾクした。

「繁昌クン、膝を抱えて」

もはや快楽に操られた人形も同然で、繁昌は深く考えもせず両脚を掲げた。膝の裏に手を入れて引き寄せる。

それにより、牡の急所ばかりかアヌスまであらわになる。

「ここって男の急所だけど、優しく刺激したらちゃんと感じるの。チンポをシコるときだって、タマタマをモミモミしてあげるとすぐにイッちゃうから」

「そうなんですか？」

綾花が感心した面持ちでうなずく。新しい知識が増えることに、喜びを覚えているふうだ。

「もちろん、ナメてもキモチいいけど」

玉袋にチュッとキスをされる。続いて、シワを辿るように舌が這い回った。

「ううう」

　快感よりはむず痒さが強い。少しもじっとしていられず、繁昌は膝から下をジタバタさせた。

「それから、おしりの穴も」

秘肛もねぶられ、繁昌は陽根を雄々しく脈打たせた。

(ああ、こんなのって……)

多量にこぼれたカウパー腺液が屹立を伝い、鼠蹊《そけい》部や腿の付け根まで濡らす。気持ちいいけれど射精には至らず、焦れったくてたまらない。早くペニスをしごいてほしかった。

しかし、渚は射精させるつもりなどなかったようである。

「やってみな」

若妻と場所を交代した。

(……綾花さん、本当にするのか?)

興味津々の面持ちで、ギャル妻の舌ワザを凝視していたのは事実である。だが、見るのとやるのは大きく異なる。おそらく旦那ひと筋なのだろうし、他の男のモノを簡単に舐められるとは思えなかった。

ところが、綾花はすでにその気になっていたらしい。唾液と先走り汁で濡れた陽根に、ためらいもせず指を巻きつけた。

「あうう」

繁昌はだらしなく呻いた。ちんまりした手指は柔らかさもひとしおで、握られただけで爆発しそうになったのだ。

「あん、すごく硬い」

綾花がつぶやき、目を潤ませる。怯えて涙が滲んだわけではなく、淫らな状況にのめり込んでそうなったようだ。

事実、躊躇なく屹立に顔を寄せ、包皮の継ぎ目部分をチロリと舐めたのである。

「くはっ」

喘ぎの固まりが喉から飛び出す。信じ難い気持ちと、くすぐったい快感がごちゃ混ぜになり、繁昌は軽いパニックに陥った。

（綾花さんがおれのを――）

同じ人妻でも美保子や渚と違い、いやらしいことなど全然しそうにないタイプなのだ。夜の営みも恥ずかしいから、真っ暗な部屋で夫と抱き合い、そそくさと済ませるのではないか。

まあ、本当にそうだったら、女好きの夫は他の女に目移りするであろう。

ともあれ、清純を絵に描いたような若妻が、夫ではない男のペニスに舌を這わせているのである。習ったとおりに敏感なポイントを狙い、くびれの段差も丁寧に辿る。

「そうそう。うまいじゃん」

渚に褒められ、嬉しそうに目を細める。さらに、見た目の清潔感に欠ける陰嚢や、アヌスも舐めた。ギャル妻が唾で清めたあとだから、抵抗も薄らいだのではないか。

綾花の手の中で、秘茎がビクンビクンとしゃくりあげる。しごかれなくても、このまま爆発しそうだ。

「おおっ」

新たな感覚に、総身がブルッと震える。美保子が牡の乳首を指でこすったのである。

「え?」

何かが起こったのを察したか、綾花が顔をあげる。

「男のひとも乳首が感じるのよ」

にこやかに告げ、小さな突起を悪戯《いたずら》する熟れ妻。

「そうそう。ナメてあげてもヨロコぶから」

渚が胸元に顔を伏せ、もう一方の乳首に口をつける。舌でチロチロとくすぐられ、繁昌は身をくねらせた。

「あ、あ、あ――」

男には無用の長物だと思っていたそこが、刺激されるとこんなにも快いのだと初めて知る。前に美保子と渚の三人で、素っ裸で抱き合ったときにも乳首をいじられたが、ちょっとされただけだったのだ。

(美保子さん、渚さんに負けたくなくて、手を出してきたのかも)

綾花を連れてきたのは彼女であり、後塵を拝するわけにはいかないと思ったのか。こんな調子で、いったいどこまでエスカレートするのだろう。

「繁昌君、もうイッちゃいそうよ。綾花さん、オチンチンを口に入れてあげて」

美保子のアドバイスに、若妻がうなずく。

(いや、まずいよ)

繁昌は焦った。もはや限界に近いのに、そこまでされたら爆発は避けられない。最悪、綾花の口を穢してしまう。

そんなことは予想もしないのか、赤く腫れた亀頭の真上で口が開かれる。綾花が武骨な肉棒を頬張った。

「うううう」

目の奥に歓喜の火花が散る。繁昌は奥歯をギリリと嚙み、懸命に上昇を抑え込んだ。

「アタマのところ、飴玉《あめだま》みたいにしゃぶってあげて」

指示されて舌が回り出す。ピチャピチャと無邪気な舌鼓《したつづみ》が聞こえた。

(綾花さんがおれのを――)

愛らしい人妻のフェラチオは、他のふたりにされたときよりも背徳感が著しい。そのせいで、いっそう感じてしまう。

おまけに、指と舌で弄ばれる乳首を基点に、悦びの波紋《はもん》が広がっているのだ。それが下半身の快感と結びつき、忍耐がくたくたと弱まる。

「チンポがツバでベトベトになったら、唇をすぼめて頭を上下させるの。チンポを口でしごいてあげるってこと」

渚が顔をあげ、駄目押しの助言をする。これにも、綾花は素直に従った。口許をキュッとすぼめ、牡の剛棒を摩擦する。

「あ、あ、駄目です。出ちゃいます」

繁昌は降参した。息を荒ぶらせ、爪先でラグマットを引っ掻く。

「綾花さん、聞こえた?　繁昌君、精子が出ちゃうって」

美保子に言われて、若妻が身を強ばらせる。頭の上下運動もストップした。さすがに口内発射は抵抗があるようだ。

　ここで、渚がまたも綾花を焚《た》きつける。

「ちゃんと飲んであげなくちゃ。男はそういうのが好きなんだから。ダンナに逃げられたくなかったら、しっかり練習しな」

　そこまで言われたら、途中でやめるなんてできまい。

　決意を固めるように表情を引き締めた綾花が、唇ピストンを再開させる。くびれの段差も舌でこすり、教わったことをしっかり応用した。

（もう限界だ……）

　歓喜の高波が迫る。そのとき、顔の真上から覆いかぶさるものがあった。美保子の美貌だ。

「え――」

　戸惑う間もなく、唇を柔らかなもので塞がれた。

　キスをされたと繁昌が理解したのと、舌が侵入してきたのはほぼ同時だった。反射的に自分のものを与え、ヌルヌルと絡ませることで、全身が甘美にひたる。

　直後に絶頂の震えが生じた。

「む、むっ、ううう」

熟れ妻の口内に熱い息を吹き込み、蕩ける愉悦に意識を飛ばす。裸身をビクッ、ビクンとわななかせながら、繁昌は濃厚な樹液を放った。

その間も、綾花は頭を上下させ続けた。射精しながらの刺激が快いと、夫婦生活で学んでいたのだろうか。

おかげで、繁昌は最後のひと雫《しずく》まで、この上ない満足にひたって出し切った。濃厚なくちづけも、快感をいっそう豊かなものにしてくれたようだ。

「はあ――」

美保子が離れ、深い息を吐く。うっとりする余韻の中、からだのあちこちがピクピクと痙攣した。

綾花も顔をあげる。濡れた分身が外気に触れ、ひんやりした。

「飲んだの？」

渚の問いかけに、若妻はすぐに答えなかった。間を置いて「ふう」と息をつく。

「……飲みました」

喉に何か引っかかっているみたいな掠れ声。唾を呑み、顔をしかめる。

「美味しかった？」

「わかんないです」

どことなく苛立った口振りからして、美味ではなかったようだ。

「ま、これも練習よ。慣れたら、口の中でチンポがビクンって脈打つ感じとか、ドクドクってあったかいのが溢れる感じとか、クセになるはずだから」

ギャル妻に諭されても、綾花は納得がいかない様子だ。また唾を呑み、ゲップが出そうなのか口を半開きにする。

繁昌は責任を感じ、肩身が狭かった。

第四章　溜まり場で濡れる処女

1

萎えた牡器官を、綾花が再び咥える。年上の人妻たちの指導の下、男を奮い立たせる舌づかいを学んだ。

しかしながら、三人がかりの愛撫でたっぷりと放精したばかりである。そう簡単には復活しない。

「しょうがないわね」

やれやれというふうに肩をすくめた美保子がジーンズを脱ぐ。中に穿いていたのは面積の小さい、白いパンティだった。

「繁昌君はおしりが大好物だから、顔に坐ってあげるとすぐ元気になるのよ」

胸を跨いだ彼女の後ろ姿に、繁昌は目を見開いた。なんと、臀部がまる出しだったのである。

（これ、Ｔバックじゃないか！）

かつて想像したセクシーなインナー。まさか本当に穿いていたなんて。

後ろはほとんど紐状で、幅は二センチもなさそうだ。美保子がヒップを突き出すと、谷にはまったそこから秘肛のシワが覗いている。

おまけに、秘毛をかなりはみ出させたクロッチには、縦ジワを刻む中心に濡れジミが浮かんでいた。

熟れすぎた果実臭が漂ってくる。蒸れた汗のエッセンスも含んだそれに劣情を煽《あお》られ、まだ軟らかな分身がピクリと反応した。

次の瞬間、たわわな丸みが落っこちてくる。

「むぷッ」

反射的に抗った繁昌であったが、濃密になった淫臭が鼻奥まで流れ込み、陶酔の心地に陥った。

（美保子さんの匂いだ――）

あいだが空いたぶん、妙に懐かしい。クロッチがじっとりと湿っているから、淫靡な状況に昂っていたようである。

もっと嗅ぎたくて、繁昌はこもるものを深々と吸い込んだ。もっちりスベスベの尻肉にも昂奮を高めながら。

「どう、いい匂いする？」

含み笑いで熟れ妻が訊ねる。おしりそのものだけでなく、淫靡な女陰臭も青年を昂らせると知っているのだ。

繁昌は口許を完全に塞がれているため、声が出せない。代わりに鼻面を臀裂にもぐり込ませ、細い紐を介してアヌスをこすった。

「もう、バカぁ」

悩ましげな声音でなじり、美保子が腰をくねらせる。顔の上で、柔肉がぷりぷりとはずんだ。

「あ、大きくなってきた」

驚きを含んだ綾花の声。その部分に血流が流れ込むのを、繁昌も自覚していた。

「ね。繁昌君はおしりが大好きなの」

そう言って、美保子が腰を浮かせる。顔を覆っていた美感触がなくなり、繁昌は大いに落胆した。

（ああ、そんな）

思わず手をのばしかけたものの、すでに遅い。彼女は顔の脇に坐り込んでいた。

「綾花さんもやってみて」

「え、何を？」

「今みたいに、繁昌君の顔におすわりしてあげるの。それでフェラもすれば、すぐにオチンチンが大きくなるわよ」

そんなことを言われても、すぐさま実行できるわけがない。若妻はふるふるとかぶりを振った。

「そうやって逃げてばっかいるからダメなんだって。あんた、ダンナに浮気されてもいいの？」

渚がけしかけ、綾花の顔が強ばった。

「それは――い、イヤです」

「だったらやりなよ。ダンナにもしてあげたらヨロコぶだろうし、何事も挑戦しなくちゃ始まらないって」

彼女は夫のことを言われると弱いらしい。

「……ウチのひとも、顔に坐ってあげたらうれしいんですか？」

半信半疑の面持ちながら、年上のふたりに確認する。

「ぜったいにそうだとは言い切れないけど、綾花さんみたいな可愛い奥さんが大胆なことをすれば、ダンナさんも昂奮するはずよ」

美保子が見解を述べ、渚も続ける。

「あんたって、おっぱいはそんなにおっきくないじゃん。だけど、おしりはぷりぷりしていい感じだし、自分の長所を生かさなきゃ意味ないよ」

衣服越しとは言え、さんざんボディタッチをしていたから、どんな体型かわかっていたようである。

「わかりました……」

渋々というふうにうなずいた綾花に、渚がにじり寄る。

「ほら、スカートを脱いで」

「え、ど、どうして？」

「美保子さんだって脱いでるじゃない。せめてパンツぐらい見せないと、繁昌クンはボッキしてくれないよ」

抗って「ヤダぁ」と嘆いても、ギャル妻相手には無駄であった。スカートを奪われ、意外と肉づきのいい下半身があらわになる。

穿いていたのは、淡い水色のパンティ。今日もフリル付きのトップスをまとう若妻にはお似合いの、リボンで飾られた可憐な下着である。おそらく、ブラもお揃いなのだろう。

「ほら、繁昌クンが待ってるよ。さっさとおすわりして」

犬に命令するみたいに言われ、綾花が泣きそうに顔を歪める。それでも、夫を繋ぎ止めるためと決意を固めたのか、のろのろと繁昌の胸を跨いだ。

渚が言ったとおり、薄布が包む二十三歳のヒップは豊かであった。コンパスで描いたみたいにかたちが良く、肌が見えずとも弾力に富んでいると推察できる。

そのため、早く顔に乗ってほしいと切望がこみあげた。

「ご、ごめんね」

早口で謝って、綾花が腰を落とす。遠慮がちに重みをかけられ、繁昌は瞬時に陶酔の心地となった。

（ああ、綾花さんのおしりが――）

パンティは化学繊維らしく、ツルツルした肌ざわりだ。それがお肉の弾力を引き立てる。できればナマ尻と密着したかったが、これはこれでいいものだ。

何よりも、鼻面がめり込むクロッチのかぐわしさにそそられる。洗剤の甘い香りと、オシッコの名残らしきアンモニア臭がミックスしたもの。その中に、傷みかけた牛乳のような、悩ましい成分も含まれていた。

美保子の生々しい恥臭を嗅いだあとでは、正直もの足りない。けれど、控え目なフレグランスは、少女っぽさを残した若妻そのもののよう。可愛い子はアソコもいい匂いなのだと、好感がうなぎ登りであった。

そのため、分身がぐんぐんと伸びあがる。

「あ、すごい」

綾花が声をあげ、おしりをもじつかせる。牡器官が猛々《たけだけ》しく変化するところを目の当たりにしたのだ。

「言ったでしょ。すぐ元気になるって」

美保子が得意げに言う。下着尻に視界を覆われて見えなかったが、完全勃起したそこを握ったのも彼女のようだ。

「ほら、カチカチ」

「じゃあ、次はいよいよエッチだ。あたし、騎乗位はそんなに得意じゃないから、美保子さんがお手本を見せてあげて」

「いいわよ」

そんなやりとりのあと、誰かが腰に跨がった。

(美保子さんだ)

Tバックを脱いだのか、それとも初体験のときみたいにクロッチをずらしただけなのかはわからない。どっちにしろ、熟れ妻と交われるのである。

上向きにされた肉槍の穂先が、湿ったところにこすりつけられる。温かな蜜がまといつき、ヌルヌルとすべった。

(すごく濡れてるみたいだぞ)

これなら簡単に入りそうだ。思ったところで、屹立の真上に重みがかけられた。亀頭が入り口を圧し広げ、徐々に侵入する。

ぬるん──。

抵抗が消え失せ、ペニス全体に濡れた柔らかなものがまといついた。

「むうう」

桃源郷《とうげんきよう》の快《こころよ》さにひたり、繁昌はクロッチに熱い息を吹きかけた。

「ふう」

美保子が息をつく。牡腰に坐り込み、蜜穴をなまめかしく収縮させた。

「入っちゃったんですか?」

綾花の問いかけに、「ええ」と返事があった。

「元気なオチンチンが、オマンコの中で脈打ってるわ」

露骨な返答に、若妻が「ヤダ」と恥じらう。他人がセックスするところを見るなんて初めてだろうし、落ち着かない様子だ。

「綾花さんは、この体位でしたことあるの？」

「……いえ、ないです」

「女は大変だけど、男性のほうは何もしなくていいから楽だし、奉仕してもらっているみたいで好きだってひとは多いのよ」

「そうなんですか？」

「それに、女のほうも男性を征服する気分が味わえるの。ダンナさんがその気にならなかったら、今みたいに顔に乗ってオチンチンを勃《た》たせて、こんなふうにオカしちゃえばいいのよ」

焚きつけられてその気になったか、綾花が陰部をキュッとすぼめる。女芯に硬いものを迎え入れたところを想像したのではないか。

「で、あとはこんなふうにして――」

美保子が腰を振り出す。最初は前後に、続いて円を描くように動かすのがわかった。

「うう、う、むぅ」

濡れ穴の締めつけと摩擦に、声にならない呻きがこぼれる。人妻ふたりと3Pをしたときも、これと似たような場面があったが、新たな参加者の顔面騎乗に、繁昌は新鮮な気分を味わった。

「で、一番気持ちいいのはこれね」

熟れ尻が上下にはずみ出す。股間のぶつかり合いでパツパツと湿った音がたつほどの激しさで。

「あ、あ、あん、オチンチンが奥まで来てるぅ」

当然ながら、美保子も悦《よろこ》びを得ているのだ。

「うわ、エロい。チンポがマンコに刺さってる」

渚の声がした。どうやら結合部を後ろから覗き込んでいるらしい。

「もぉ、バカぁ」

美保子がなじる。だが、彼女だって渚がしているときに、その部分を観察したことがあったのだ。おあいこである。

「あと、繁昌君はおしりを見たがるから、こんなふうに」

剛直を膣に収めたまま、美保子が回れ右をする。強ばりを横方向にこすられて、新たな快感に目がくらんだ。

「これだと顔を見られずに済むから、そんなに恥ずかしくないでしょ。男性のほうも、オマンコに入っているところがよく見えるから昂奮するし」

再び上下運動が始まり、豊臀が下腹に打ちつけられる。蜜穴の摩擦も著しく、繁昌は爆発しないよう、忍耐の手綱を締めねばならなかった。

騎乗位の実践を見せつけられ、綾花のおしりはモジモジしっぱなしだ。クロッチもじんわりと湿り、そこから酸味を帯びた秘臭が漂う。

(かなり昂奮してるみたいだぞ)

見ているだけではもの足りないようだ。

2

ひととおりのやり方を披露してから、美保子が離れる。

「どう、練習してみる?」

この場での体験を勧められ、若妻が間を置かずに「はい」と返事をした。やはりたまらなくなっていたのだ。

彼女が腰を浮かせて、繁昌は呼吸が楽になった。もっとも、少しも苦しくなくて、もっと乗っていてほしかったぐらいなのだが。

それでも顔面騎乗よりは、セックスのほうがいい。

綾花がパンティを脱ぐ。恥丘の繁みは簡単に毟り取れそうなほど淡く、痛々しさを感じる眺めに胸が締めつけられた。

(だけど、もう旦那さんとセックスしてるんだよな)

愛らしい外見と、ひとの妻であるギャップに、繁昌は悶々とした。

彼女は向かい合っての騎乗位を選んだ。膣にペニスが嵌《は》まっているところを見られたくないのだろうか。

「ええと」

年下の男の腰を跨ぎ、逆手で握った肉根の尖端で恥割れをなぞる。滲み出たラブジュースが粘膜に塗り込められた。

「そろそろいいんじゃない。挿《い》れてあげて」

美保子の指示に従い、綾花がそろそろと体重をかける。初めて挑戦する体位に緊張を隠せず、表情が強ばっていた。

最初は亀頭がすべって入り口からはずれ、うまくいかなかった。二度目は膣口を捉えたようながら、潤滑が不足していたらしい。引っかかる感じがあって、彼女は腰を浮かせた。

「濡れ方が足りないんじゃない？　ちょっと待ってて」

綾花を脚のほうに下がらせ、美保子が勃起を口に含む。同性の愛液が付着しているのも厭《いと》わず舌を回し、唾液をたっぷりとまといつかせた。

「これで入るはずよ」

「はい。ありがとうございます」

ヌメる秘茎が、ちんまりした手で支えられる。若妻はさっきよりも腰を前に出し、おしりに近い側で牡茎を受け入れようとした。

その角度が正解だったらしく、今度は蜜穴にヌルヌルと入り込む。他のふたりと比べて、かなり狭かった。

「あふン」

完全に坐り込んだ綾花は、小鼻をふくらませて息をこぼした。

（ああ、入った）

可愛い人妻とひとつになった感激が胸に満ちる。愛《いと》しさもふくれあがり、自分の女になったのだと思った。

どうやら繁昌は、本気で彼女を好きになったようだ。

「どんな感じ？」

美保子の質問に、綾花が小さくうなずく。

「あの……中にいっぱい詰まってる感じです」

「繁昌君のオチンチン、立派だもんね。あと、ダンナさんのより硬いでしょ」

「はい」

「そこが若いオチンチンのいいところよね。かたちや大きさより、断然硬さだもの」

ということは、夫のペニスよりも綾花を感じさせられるのではないか。それで気に入ってもらえたら、彼女ともっと親しくなれそうだ。

「じゃあ動いてみて。オマンコの中のオチンチンがどんな感じなのかを意識すれば、うまくできるはずだから」

「わかりました」

ふうと息をつき、綾花が腰をそろそろと前後させる。せっかく迎え入れたモノが抜けそうなのか、小刻みな動作であった。

（頑張れ、綾花さん）

繁昌は彼女を見あげ、心の中で応援した。ムズムズする快さにまみれながら。

と、視線に気がついたのか、綾花がこちらを見る。まともに目が合うなり、童顔が紅潮した。

「そ、そんなに見ないでください」

彼女が目を潤ませたものだから、繁昌のほうが居たたまれなくなった。とは言え、肉体を繋げた状態で顔だけを背けるのは、かえって気まずい。

すると、渚が立ちあがる。ミニスカートをはらりと落とし、茜《あかね》色のパンティも脱ぎおろした。

「だったら繁昌クンは、あたしのマンコを舐めなさい」

素早い身のこなしで、年下の男に顔面騎乗をする。

「むぷぅ」

小ぶりなヒップが重みをかけてくると同時に、クセのあるチーズ臭が鼻奥にまで流れ込んだ。

無毛の恥芯は、花弁の狭間にヌルヌルした蜜を溜めていた。それを唇に塗りたくるように、ギャル妻が遠慮も慎みもなく腰を振る。

「ほら、舌出して」

と、注文をつけながら。繁昌は煽られるように舌をはみ出させ、恥裂に差し入れた。

誰かに手を取られたのは、渚が「あんあん」とよがりだしたあとのことだ。

(え?)

揃えた人差し指と中指が、温かく濡れたところに迎え入れられる。舌がまといつく感触から、しゃぶられているのだとわかった。

秘苑をねぶられて喘ぐ渚ではない。慎重な腰づかいで騎乗位に挑む綾花とも異なる。あとは美保子だけだ。

そして、そんなことを始めた意図も見当がつく。

「ねえ、わたしも気持ちよくして」

唾液で濡らした指を、熟れ妻が別の濡れ窟へと導く。ねっとりと包み込むそこは、紛れもなく膣であった。

「くうう、い、いいのぉ」

艶声が聞こえ、繁昌は全身が熱くなった。

(おれ、三人を感じさせてるのか?)

童貞を卒業して、一ヶ月も経っていないのである。なのに、ここまでいやらしいことをしているなんて。

「あ、あ、ああっ」

騎乗位のコツが摑めたか、若妻が嬌声をはずませる。腰の動きが前後から回転へと変化していた。

「ね、ね、クリちゃんイジメてぇ」

敏感なポイントを舐めてもらえるよう、渚が腰の位置を調節する。美保子は繁昌の手を固定して、自ら腰を振って快感を追い出した。

「あふぅ、指チンポ、気持ちいい」

と、はしたないことを口走って。

三者三様で悦びを求める中、快楽の道具にされた繁昌は、どこに意識を集中すればいいのかわからなかった。とりあえず舌を律動させていたものの、狙うべきところがはっきりせず、ほとんど闇雲であった。

いつの間にか、綾花がヒップを上げ下げしていた。

「ああ、あ、いいのぉ。硬いのが、お、奥まで来てるぅ」

少女のようなあどけなさすら感じたのに、今やすっかり一人前の女である。

「あひぃッ、そ、それいいッ」

美保子の嬌声が甲高くなる。繁昌が無意識に指を曲げたせいだ。それにより、敏感なスポットを刺激したようである。

「ダメダメ、い、イッちゃう」

ギャル妻が繁昌の舌で高みへと至る。「イクイクイクぅ」とアクメ声を放った直後、熟れ妻も昇りつめた。

「あっ、ハッ——イヤぁあああっ」

指が強く締めつけられる。膣内がどよめき、奥から熱いものがじゅわりと溢れたのがわかった。

達したふたりが脱力し、ラグマットに横たわる。気怠げな息づかいが二重唱を奏でる中、パツパツと湿ったテンポが刻まれた。せわしなく上下する若尻が、牡の股間に打ちつけられる音だ。

「ううう、い、イキそう」

綾花にオルガスムスが迫っていた。それから、狭い濡れ穴でペニスをこすられる繁昌にも。

「おれも、もう……」

限界を口にすると、美保子がハッとして身を起こした。

「綾花さん、生理いつ？」

若妻は喘ぎながらも脳内で暦をめくり、

「たぶん、もうすぐです」

と答えた。

「だったらだいじょうぶね。繁昌君、オマンコの中に、いっぱい射精してあげて」

年長者の許可を得て、忍耐の手綱を弛める。途端に、歓喜の震えが手脚の先まで広がった。

「ううう、で、出ます」

「あ、あ、あ、イクッ、イクッ、イッちゃうぅぅうっ！」

着衣の上半身を前後に揺らす綾花の膣奥に、繁昌は随喜のエキスを幾度も放った。

蕩《とろ》ける愉悦に目をくらませ、裸身を波打たせながら。

「ふはっ、はあ、ハァ――」

全力疾走のあとみたいに、息づかいを荒くする二十三歳の人妻。肩を落とし、かなり疲れた様子ながら、頬を赤く染めた面差しは満足げであった。

「すごいね。初めての騎乗位でイッちゃうなんて」

寝そべったまま綾花を見あげ、渚が感心する。

「顔に坐るのもちゃんとできたし、すごく頑張ったんじゃない？　今日みたいに大胆に迫れば、きっとダンナさんも浮気なんかしなくなるわよ」

美保子が断言すると、若妻が口許をほころばせる。

「はい。帰ったら、ウチのひとにいっぱいサービスしちゃいます」

喜びいっぱいの決意表明を、繁昌は苦々しく感じた。

(そんなに浮気者の旦那がいいのかよ)

彼女の中で萎えゆく分身のごとく、恋心も萎んでゆく。人妻たちと関係を持つ機会を与えてくれたこの部屋を、ぶち壊したい衝動にも駆られた。

3

「ちょっといい?」

週明けの月曜日、麻優に呼び止められる。お昼前で、ゼミの演習が終わったあとのことだ。

「え、なに?」

一緒にいた吉田が振り返る。すると、彼女は不機嫌そうに眉をひそめた。

「楠木君に用があるの」

あんたはお邪魔虫よと言わんばかりに睨まれ、吉田が身震いする。妙な迫力を感じたらしい。

「じゃあ、おれは先に学食へ行ってるよ」

彼はそそくさと、逃げるように立ち去った。

「……えと、おれに用って？」

訊ねると、麻優がいつものポーカーフェイスに戻る。

「このあいだの話なんだけど」

「このあいだ？」

「ゼミの所属が決まったあと、ランチ会をしたでしょ」

このあいだどころか、三週間も前ではないか。どうして今さら、あのときのことを持ち出すのか。

(吉田はちゃんと謝ったし、もう済んだ話じゃないのか？)

デリカシーのない発言で彼女を不機嫌にさせたことについては、吉田に謝罪させたのである。彼への当たりが未だに強いのは確かながら、蒸し返す必然性はない。

「楠木君のお父さん、漫画喫茶をしてたって言ったよね」

そのことかと、繁昌は納得して「うん」とうなずいた。

「わたし、あのあと調べたの。その漫画喫茶がどんなお店だったのか」

「え、どうやって？」

「ネットで。経営者の苗字がわかってたから、そんなに難しくなかったわ」

店はすでにないわけだが、ネットには様々な情報が残っている。まさにデジタルタトゥーというやつだ。

「で、何がわかったの？」

「お店の場所や大きさ、飲食のメニューと、それから、どんな漫画があったのかも。お客さんが撮った店内の写真や、レビューも見つかったわ」

「へえ、そんなのがあったのか」

「楠木君、漫画は全部処分したって言ったけど、あれ嘘でしょ」

いきなり事実を言い当てられ、繁昌は絶句した。

「冊数もそうだし、品揃えからしてマニアックで、そう簡単に捨てられるものじゃないわ。あれってお父さんの趣味だったんでしょ。だったら尚のこと、できるだけ取っておきたいって思うはずだもの」

麻優自身も漫画マニアなのだろう。そのため、絶対に残されているはずだと決めつけたようだ。

そして、繁昌の反応で確信したと見える。

「家にあるんでしょ、漫画。わたしに見せてよ」

「……わかったよ」

詰め寄られ、渋々うなずくと、彼女が目を細める。

(え、笑った？)

笑顔と呼べるほどのものではないが、嬉しかったのは間違いあるまい。頬も緩んでおり、印象ががらりと変わった。

(明るくしていれば、けっこう可愛いんだよな)

もともと顔のつくりはいいのである。それに、今日は黒のシャツに白いロングスカートと、普段よりは女らしい装いだったためもあるのだろう。

「じゃあ、さっそく行きましょ」

わくわくした顔つきの麻優に迫られて戸惑う。

「え、行くって？」

「楠木君のおウチ」

「だって、午後の講義は？」

「休講だって掲示板に出てたわよ」

「そっか。あ、でも、吉田が学食で待ってるし」

「急用ができたって、メールでもしとけば？」

彼女が待ちきれないふうに繁昌の腕を摑み、「ほら早く」と急きたてる。

「わ、わかったよ」

ふたりは大学を出て、団地へ向かった。


「へえ、けっこういい感じだね。レトロで味があるっていうか」

団地に到着して建物を見あげた麻優が、うなずいて感想を述べる。

「そうかな？　おれは子供のときから住んでるし、味があるなんて思ったことはないけど」

「わたしは団地って漫画でしか知らないし、憧れみたいなものがあるのかもね」

彼女はいつになく饒舌《じょうぜつ》だった。ここへ来るまでのあいだにも、漫画ルームのことをあれこれ訊ねて、楽しみでしょうがないという面持ちを見せていたのだ。

（絶対に、また来たいって言うだろうな）

あるいは入り浸るようになるかもしれない。

そうなればいいと、繁昌は思っていた。麻優がいれば、美保子たちも来づらくなるに違いないと。

そんな心境になったのは、綾花とのことが尾を引いていたためだ。

健気で愛らしい若妻に、繁昌は恋をした。セックスをして同時に昇りつめたとき、自分たちは離れられない運命なのだと信じられた。

なのに、彼女は夫の待つ家へ、いそいそと帰ったのである。その前にバスルームで、年下の男の痕跡をしっかりと洗い流して。

あれは完全なる失恋であった。繁昌は傷つき、落ち込んだ。美保子たちはまだ続きをしたそうだったが、そんな気にはなれなかった。

平和な我が家を溜まり場にされるのは、二度とご免だった。

だから麻優を招くことに躊躇しなかったのである。彼女に惚れたわけではなく、人妻たちを牽制するために。

四階まで階段をのぼると、彼女はさすがにハァハァと息を切らした。それでも、大量の漫画とのご対面が楽しみで、疲れなど微塵も感じていない様子だ。

ドアを開けると、玄関に靴はなかった。時間が早いし、美保子たちはまだのようだ。

「さあ、どうぞ」

麻優を中に入れ、漫画ルームへ通す。

「わあ、すごーい」

　室内の光景に、漫画好きの女子大生は目を輝かせた。さっそく本棚の前に進み、どんなものがあるのかを確認する。前側の棚をスライドさせ、奥のぶんも。

　人妻たちも漫画に夢中になっていたが、手にしたのは名前の知られたものばかりだった。麻優はそれらよりも、知る人ぞ知るような作品がお好みらしい。

「こっちにもあるよ」

　クローゼットの中も見せると、ヨダレを垂らさんばかりに口許を緩める。そちらは半透明のケースの中にしまってあるのだが、背表紙を見ただけでどんなものなのかわかったらしい。いっそう興味を惹かれたようだ。

「これ、開けてもいい？」

「いいよ」

　ひとつひとつ中をあらため、何度もうなずく。

「あ、これって――」

　気に入ったものが見つかったようで、何冊か取り出す。時間がかかりそうだなと、繁昌はいったん引き下がった。お昼を食べていないし、飲み物ぐらい出したほうがいいかなと思ったのだ。

　キッチンに買い置きのペットボトルのお茶があったので、それを二本手にして戻る。

すでに麻優は十冊近い単行本を選び出しており、ラグマットを敷いたところに運んでいた。

「ここに坐って」

自分の部屋であるかのように振る舞い、手招きする。それだけ気分が高揚しているのだろう。繁昌は苦笑しつつ、彼女のそばに膝をついた。

「はい、これ」

ペットボトルを渡し、積まれてある漫画を見るなり顔が強ばる。

煽情的な表紙のそれらは、明らかにアダルト向けである。青年漫画よりも露骨に描写された、要はエロ漫画だ。事実、成年コミックのマークもついている。

「ねえ、わかる?」

麻優が開いたページを見せる。それも、露骨なセックスシーンのところを。

「わ、わかるって?」

体位の名称が知りたいのかと思えば、そうではなかった。

「この漫画の作者」

「え?」

「絵を見てわかんない? これ、悪見タカシ先生が描いてるのよ。『廻戦の刃』の」

映画化もされたベストセラー漫画を告げられ、「え？」と驚く。改めて絵を見れば、なるほど特徴が似ているようだ。ただ、若干拙《つたな》い。

「一般誌でデビューする前に描いてたエロ漫画よ。マニアのあいだでは有名なんだけど、そんなに刷ってないみたいでなかなか出てこないの。わたしも表紙しか見たことがなかったんだけど、実物と巡り会えるなんて感激だわ」

喜びをあらわにされ、繁昌もつられて表情が緩む。もっとも、目の前にあるのは挿入部分がバッチリと描写された、エロチックな漫画なのだ。修正も最小限で、あって無きが如し。白抜き修正の一般向けとは異なる。

クローゼットの中に成年コミックがあるのは知っていた。人妻たちが来る前は、オナニーのオカズにしたことだってある。

この漫画も、あるいは目にしたことがあったのかもしれない。けれど、有名な漫画家の作品だなんて知らなかったし、気がつかなかった。ペンネームが違っていたから無理もない。

「それからこっちは――」

選んだ漫画を、麻優が次々と説明する。やはり作者が有名なものの他、発売直後に問題が見つかって回収されたもの、有害図書に指定されて売られなくなったものもあった。

（ていうか、よく知ってるな）

さすがマニアというかオタクというか、いっそ研究者と呼んでもいいぐらいではないか。女の子なのにエロ漫画なんて単語を軽々しく口にして、しかも詳しいというのはどうかと思うけれど。

麻優は熱に浮かされたようにしゃべりまくった。陰キャだなんてとても思えない。表情もキラキラと輝いて、まるっきり別人のように映る。

いつしか繁昌も引き込まれ、うんうんとうなずきながら聞き入った。解説の対象が対象だけに、モヤモヤしたものも感じながら。

そして、最後の一冊が手に取られる。

「これは特別な本なの」

麻優は頬を紅潮させていた。しかもページを開くことなく、本を胸に抱きしめたのである。

「特別って、何が？」

「わたしの一番のお気に入り。これまで世に出たエロ漫画の中でも最高の一冊だし、これ以上のものは絶対に出てこないわ」

「どうして断言できるの？」

「この作者、これ一冊を出したきりで引退しちゃったから。たぶん、燃え尽きちゃったんでしょうね。だって、ストーリーも構図も絵も、すべてにおいてパーフェクトなんだもの」

彼女が本を両手で捧げ持ち、国宝でも披露するみたいにページをめくった。

なるほど、描画は驚くほど緻密で、一ページ描くのにもかなりの時間がかかったであろう。キャラクターの表情も魅力的だし、流れるようなコマ運びも見事のひと言に尽きる。繁昌とてたくさんの漫画を読んだから、そのぐらいのことはわかるのだ。

「あと、これはエロ漫画として最も重要なところなんだけど、ものすごくエロいの。読むだけでアソコがビショビショになっちゃうぐらいに」

ストレートすぎる発言にドキッとする。麻優のほうは、特に意識していないようであった。

「楠木君は、この本読んだの？」

「いや……たぶんないと思う」

「間違いなく、読んだらギンギンに勃起すると思うわ。もう、シコらずにいられないぐらいに」

真面目そうに見えたのに、性的なことにここまで開けっ広げだとは思わなかった。お気に入りどころか、いっそ崇拝しているに等しい漫画を前に、気が高ぶっているためもあるのだろう。

「わたし、この本を三冊買ったの」

オタクは気に入った本を鑑賞用、保存用、布教用にと三冊購入するのだと、前に聞いたことがある。ところが、彼女の場合はそれと違った。

「読む用と保存用、それからオナニー用に」

はしたない単語を躊躇なく発したものだから、繁昌はあきれ返った。

「いや、オナニー用って」

つられて同じことを言ってしまい、口をつぐむ。けれど、麻優は己の発言を気にも留めなかった。

「エロ漫画の単行本って、紙が厚いじゃない。たぶん、ハードな使用に耐えられるようにそうしてるんだと思うけど、片手だと使いづらいのよ。思うようにめくれないし。だからオナニー用は、各ページを糊づけのギリギリまで開けるようにしてあるの。それなら指が外れても、ページが戻ることもないじゃない」

使いづらいというのは、繁昌にも納得できるところがある。だが、そのためにもう一冊買おうなんて思わない。

しかも、彼女の場合は合計三冊なのだ。読むのと自慰に用いるものを別にしているのは、正直理解し難かった。

「わたしが特に好きなのは、このページなの」

麻優が開いたところに描かれていたのは、フェラチオシーンであった。雁首の段差や、筒肉に浮いた血管もリアルに描写されたペニスに、美少女が淫蕩な眼差しで舌を這わせ、美味しそうにしゃぶっている。

（やっぱり女の子だから、チンポが描かれたところがいいのかな……）

男が女性器に憧れるのと同じく、と、下卑《げび》たことを考える。ともあれ、オナニー用の本も所持しているぐらいだ。彼女は間違いなく、このページをオカズに自らをまさぐったのである。

喉が妙に渇く。さっき持ってきたペットボトルを開栓し、お茶で喉を潤したところで、麻優がこちらをじっと見ていることに気がついた。

「え、なに？」

ギョッとして訊ねると、彼女が迷ったふうに目を泳がせる。それから、意を決した顔つきで口許を引き締めた。

「ねえ、大きくなったオチンチンって、この絵のまんまなの？」

真剣な眼差しの問いかけに、戸惑いながらも「う、うん」とうなずく。

「楠木君のオチンチンも、これと同じ？」

「まあ、かたちはそうかな。こんなに大きくはないけど」

漫画のペニスは、美少女の顔の長さぐらいあり、かなり誇張されていた。

「そうなんだ……じゃあ、見せてくれない？　オチンチン——」

「ど、どうして？」

「この絵と比べてみたいの。わたし、本物って見たことないから」

ということは、男性経験がないのだろうか。

麻優が本当に処女だとしても、驚きはない。同性の友達も少ないようだし、まして異性と一緒にいるところなど、一度も目にしたことがなかった。

しかし、経験がないのなら尚のこと、どうしてペニスを見せてなんて頼めるのか。

「ねえ、お願い。見せてくれたら、わたしのも見せるから」

ドキッとする条件を口にして、彼女が別のページを開く。そこに描かれていたのは、大股開きで自身の陰部もくつろげた、美少女の痴態であった。

「この絵とわたしのアソコを、比べたくない？」

漫画と比較するなんて趣味は持ち合わせていないが、女性器そのものは見たかった。すでに人妻たちの秘部を目にしたあとでも。

「まあ、それは……」

「だったら見せて。漫画と同じこともしてあげるから」

つまり、フェラチオまでしてくれるというのか。

「わ、わかったよ」

快楽への欲望には勝てず、了承する。

膝立ちになってズボンに手をかけ、繁昌はさすがにためらった。だが、迷いを吹っ切るべく、思い切ってブリーフごと脱ぎおろす。

脱ぐ前から股間に視線を注いでいた麻優は、牡の性器があらわになっても、そこから目を離さなかった。

(うう、見られた)

同じゼミの女子学生から、エロ本談義を聞かされたのである。エロチックなシチュエーションに、海綿体はいくらか充血していたものの、昂奮状態にはほど遠かった。

そのせいか、彼女が落胆の面持ちを見せる。

「え、勃起してないの？」

「いや、だって」

どう説明しようかと考えあぐねていると、彼女の手がこちらにのばされる。人差し指と親指で、垂れさがった秘茎を摘まんだ。

「ううう」

ムズムズする快さに、たまらず呻いてしまう。

エロ漫画で男性器の構造を学んでいたのか、しなやかな指が包皮を剝く。亀頭がくびれまで露出するなり、堰を切ったように血流が押し寄せ、海綿体を満たした。

「え、え？」

ペニスの著しい変化に、麻優は驚いたようである。それでも指をはずさず、無意識にかしごく動作を示した。

それにより快感がふくれあがり、イチモツが根を張ってがっちりとそそり立つ。

「すごい……」

彼女はつぶやき、五本の指を筒肉に巻きつけた。包皮がベタついていたためか、改めて握り直す。

「ホントだ。こんなに硬い」

手指に強弱をつけられ、繁昌は腰をよじって喘いだ。

「こ、湖山さん」

急角度で高まるのを感じ、焦って呼びかける。すると、麻優が上目づかいでこちらを見あげた。

「……麻優でいいよ」

「え？」

「オチンチンをさわってるのに、苗字で呼ばれるのって照れくさいから」

言われて、たしかに他人行儀かもと納得する。それから、さん付けも。

「麻優ちゃん」

より親しみを込めて呼ぶと、彼女の頬が赤く染まった。

「ん……」

小さくうなずき、握り手を上下に動かす。だが、余り気味の包皮がくびれに引っかかり、うまくいかない様子である。

（初めてなんだな）

言動は大胆でも、それはエロ漫画の影響によるもの。実践は皆無なのだ。

「これ、どうすればいいの？」

麻優が困惑げに首をかしげる。男を歓ばせる方法を、本気で学びたがっているのが窺えた。

「外側の皮膚で、中の芯を磨くみたいなつもりでしごいてみて」

アドバイスにうなずき、試みる女子大生。前髪に隠れがちな真剣な面差しは、それこそ大学で講義を受けているかのよう。

テクニックでは人妻たちの足元にも及ばない。だが、一所懸命なところに好感を抱く。今度は彼女のことが好きになりそうだ。

(おれ、惚れっぽいのかな?)

セックスは三人と経験し、複数プレイもした。けれど、恋人と呼べる存在はいない。好きだと告白したことも、されたこともなかった。

要するに、恋愛に関して免疫がないため、ちょっとしたことで好きになってしまうのだろうか。

「そっか、こうなっているのね」

麻優がつぶやく。手コキのコツを摑んだらしい。動きもスムーズになった。

そのため、繁昌は危うくなった。バージンの女の子に奉仕されることに、かなり昂奮していたのである。

「もう、そのぐらいでいいよ。出ちゃうから」

頂上が迫っていることを告げると、彼女がハッとしたように手を止めた。

「精子が出るの？」

上目づかいで訊ねる。

「うん」

「……いいよ。出して」

再び手が動き出す。意識してなのか握りが強くなり、しごくスピードも上がった。

「え、いいの？」

「うん。精子が出るとこ見たいから」

エロ漫画でしか知らないことを、本物で学びたいらしい。欲望に駆られてではなく、知的好奇心にのっとっての求めだと感じられた。

（だったらいいか）

繁昌自身、おさまりがつかないところまで高まっていたのである。

あとはふたりとも無言になる。鈴口からこぼれたカウパー腺液が上下する包皮に巻き込まれ、クチュクチュと音を立てるのみ。

（うう、気持ちいい）

鼻息が荒くなる。いよいよ限界が近づいてきた。

「もうすぐだよ」

終末を予告すると、麻優がいったん右手を外す。両方の袖をめくって握り直すと、左手を亀頭の前にかざした。手のひらで受け止めるつもりなのだ。

処女肌を汚すことに罪悪感を覚えたものの、オルガスムスの波には勝てない。歓喜の震えが理性を吹き飛ばした。

「あ、あ、出るよ。いく」

荒ぶる息づかいの下から告げるなり、熱いものが尿道を貫いた。

「むはっ」

喘ぎと一緒に、白濁の固まりが放たれる。

「キャッ」

麻優が悲鳴をあげ、強ばりを強く握った。

「あ、もっとしごいて」

焦って注文すると、右手の動きが再開される。それに合わせて二陣、三陣のザーメンがほとばしった。蕩けるような快美を伴って。

「ああ、あ、ううう」

腰がガクッ、ガクンとわななく。

「あ、あ、すごい。こんなに」

一瞬でも見逃すまいとするかのごとく目を見開き、脈打つ器官を摩擦する女子大生。綺麗な手指に、粘っこい精汁が絡みつく。

濃厚な青くささが漂う。オルガスムスの波が静まると、気怠さが肉体を支配した。

「はあ」

繁昌は深く息をつき、坐り込んだ。力を失いかけた分身から、手が外される。

「これに赤ちゃんのタネが……」

肌を汚した牡のエキスを、麻優がじっと見つめる。手を顔に近づけ、小鼻をふくらませた。

「こんな匂いなのね」

納得した面持ちでうなずいたのは、漫画で得た知識どおりだったからか。

（……おれ、麻優ちゃんにイカされたんだ）

お昼前に、ゼミで顔を合わせていたのが嘘のよう。ほんの短時間で、ここまで親密な間柄になれたなんて。

とは言え、エロ漫画がきっかけでこういう展開になったのである。そう考えると、繁昌の胸中は複雑であった。

4

洗面所で手を洗った麻優が戻ってくる。その間に繁昌は、股間をウェットティッシュで拭い、ブリーフとズボンも穿いた。

「え？」

彼女が失望を浮かべる。もっとペニスを観察したかったのか。しかし、今度はこちらの番なのだ。

「約束だよ。麻優ちゃんのも見せて」

当然の権利として主張すると、彼女がきょとんとする。それでも、すぐに思い出したか、落ち着かなく目を泳がせた。

「ああ、うん」

今さら後悔したふうに唇をへの字にする。だが、仕方ないと諦めたようで、スカートに手をかけた。

白いロングスカートが、ふさっと床に落ちる。麻優は普段から脚を見せないため、それだけで繁昌は胸を高鳴らせた。

太腿は意外とむっちりしており、やけになまめかしく映る。シャツの裾が隠しているため、下着は見えなかった。

「パンツも脱がなくちゃダメだよね……」

つぶやくように言った彼女が、シャツの内側に手を入れる。スカートと同じ純白の薄物が、するすると脚をくだった。おそらく決心が挫《くじ》けないようにと、早めに脱いだのだろう。

(麻優ちゃんのアソコが見られるんだ)

繁昌は頭に血が昇るのを感じた。気が逸るのを抑え、努めて冷静な口調で、

「ここに寝て」

と、ラグマットの床を指差す。

「うん……」

麻優はシャツをしっかりおさえたまま、そろそろと身を横たえた。気をつけの姿勢で仰向けになり、瞼を閉じる。

ぴったり揃った太腿が、妙に色っぽい。劣情を禁じ得ない。

「脚を開いて」

命じると、彼女は素直に従った。秘部を見せる覚悟ができたのか、両膝を立ててM

字のかたちに開いたのである。

くぴッ——。

喉が浅ましい音を鳴らす。繁昌は麻優の足のほうから膝を進め、震える指でシャツの裾をめくった。

あらわになった陰部は、一度剃ったあとに伸びかけたみたいな、短い恥毛で覆われていた。叢《くさむら》は恥丘に扇形を描き、下はアヌスのほうまで範囲を広げている。

(けっこう濃いみたいだぞ)

それが恥ずかしくて、自分で剃ったのかもしれない。

恥丘はふっくらと盛りあがり、大陰唇も肉厚だ。合わせ目はほぼ一本線で、肉ビラがわずかに覗くのみ。渚のようにパイパン処理をしたら、幼女のような眺めになるのではないか。

そんなことを想像したせいもあって、背徳感が高まる。しかも目の前にあるのは、同じゼミで学ぶ女の子の性器なのだ。身近な存在ということもあって、いけないことをしている気分にひたる。

おかげで、昂奮もぐんぐん高まった。

顔を寄せると、ぬるい秘臭が悩ましく香る。何かに似てるなと考えて、浮かんだのはレーズンバターであった。そこに若干のケモノっぽさをまぶした感じだろうか。

生々しいかぐわしさを胸いっぱいに吸い込むと、

「ううン」

麻優が小さく呻き、恥割れをキュッとすぼめた。

見ると、彼女は両手で顔を覆っている。自ら交換条件として出したはずが、秘所を観察されるのは居たたまれないようだ。

(やっぱり女の子なんだな)

好きなエロ漫画について嬉々として語ったり、ペニスを見たがったばかりか手コキに挑戦したり、思わぬ大胆さに振り回された感がある。そのぶん、恥じらう姿に大いにときめかされた。

こちらは射精に導かれたのであり、お返しをすべきだろう。繁昌はためらうことなく、もうひとつの唇にくちづけた。

「……え？」

戸惑った声が聞こえる。それにもかまわず裂け目に舌を差し込み、わずかな塩気を味わった。

「ちょ、ちょっと待って」

焦った声で呼びかけられ、反射的に顔をあげる。何かまずいことがあるのかと気になったのだ。

麻優は頭をもたげ、濡れた目でこちらを見ている。泣きそうに歪んだ面差しが、これまでになく色っぽい。

「……繁昌君、だいじょうぶなの？」

こちらに合わせて、彼女も下の名前で呼んでくれる。

「え、なにが？」

「そこ、洗ってないのに……くさくないの？」

どうやら素のままの匂いが気になるようだ。

繁昌のほうも、洗っていないペニスをしごかれ、濃厚なザーメン臭も嗅がれたのである。そもそも、正直な秘臭を、少しも不快に感じていないのだ。

「全然。おれ、麻優ちゃんの匂い、けっこう好きだよ」

「好きって——」

うろたえた彼女が、クスンと鼻をすする。

「ヘンタイ……」

優しい声でなじり、両手を恥裂の両側に添える。薄白い蜜がまぶされた粘膜が覗くまで、ぷっくりした大陰唇を開いた。

「だったら、もっと舐めて、気持ちよくして」

露骨極まりないコミックを読んで自慰に耽りながら、自分もこんなことをしたい、されてみたいと願ったのではないか。その中に、クンニリングスもあったのだろう。

暴かれた女芯から、より熟成された趣の淫臭が漂う。それに引き寄せられるように口をつけ、繁昌は情愛を込めて舐めた。

「ああっ」

若腰がビクンとはずむ。オナニーで開発されたのか、けっこう敏感だ。もっと声をあげさせたくて、敏感な肉芽を狙って舌を動かす。

「あ、あっ、はひッ、そ、そこぉ」

麻優が切なげによがる。やはりお気に入りのポイントだったのだ。添えていた指がはずれ、ハッハッと息づかいがはずんだ。

「クンニって、こ、こんなに気持ちいいの？」

彼女は感激しているようだ。自らの指以外で刺激されるのを望んでいたと見える。

(ひょっとして、セックスも体験してみたいのかな)

このあとで求められるかもしれないと、嬉しい期待がこみあげる。だが、まずは舐めてイカせてあげよう。

硬くなった尖りを、舌先でピチピチとはじく。刺激が強すぎるのか、彼女は「うーうー」と呻いた。それでも逃げないのは、気持ちよくなりたいからだろう。

「麻優ちゃん、膝を抱えて」

指示すると、素直に従う。何をされるのか、深く考えていなかったに違いない。

短い恥毛は、秘肛の周辺にも疎《まば》らに生えていた。そちらのほうが長めなのは、剃ったときにカミソリが届かなかったためではあるまいか。

(ああ、可愛い)

桃色の愛らしいツボミに、繁昌は舌を這わせた。

「え!?」

驚きを含んだ声と同時に、そこがキュッとすぼまる。排泄口を舐められたとすぐにわかったようながら、抵抗はなかった。

それをいいことにチロチロと舐めくすぐれば、

「ああん、そ、そんなところまで……いいの?」

と、戸惑いつつも歓迎する素振りを示す。おしりの穴も舐められたいと、密かに願っていたらしい。

（すごくエッチだ、麻優ちゃん）

若いから好奇心も旺盛なのか。積極的に快楽を受け入れる姿勢に好感を抱く。もっと感じさせてあげたくて、ヒクヒクと収縮する秘肛と、クリトリスを行ったり来たりで吸いねぶる。恥割れに溜まった粘っこい蜜も、音を立ててすすった。

「あ、あふっ、うふふふぅ」

麻優は喘ぎっぱなしだった。掲げた脚をジタバタさせ、肉づきのいい若腿を痙攣させる。汗ばんだのか、肌に細かな露がきらめいた。

唾液を塗り込められた陰部が、猥雑な匂いをたち昇らせる。

「気持ちいい……わ、わたし、イッちゃうかも」

いよいよ極まってきたようで、息づかいも荒くなった。

「うう、い、イッても笑わないでね」

乱れるところを見られるのが恥ずかしいのだ。そんな可愛いことを言われると、ますますいじめたくなる。

繁昌は敏感な花の芽を、一点集中で攻めた。

「あ、あ、イクッ、イクッ、イクッ」

上向きになったヒップをガクガクとはずませ、若い肢体が歓喜の波に巻かれる。

「イヤイヤイヤ、あ——あひっ、いいいいいッ！」

麻優は膝を放し、背中をぎゅんと反らせた。太腿で繁昌の頭を強く挟み、「う、うぅッ」と呻いて身を強ばらせる。

（イッたんだ）

せわしなくヒクつく華芯が、淫蜜をじゅわりと溢れさせる。強く刺激しないよう舐め取るあいだに、女体が緊張を解いた。

「ふはぁ——」

深く息をつき、ラグマットに手足を投げ出す。下半身のみを晒したはしたない格好で、麻優は胸を大きく上下させた。

（……セックスしたい）

しどけない姿に、劣情がふくれあがる。繁昌は立ちあがると、ズボンとブリーフを脱ぎおろした。

第五章　ヤリすぎイキすぎ乱交

1

手で射精に導かれたペニスは、猛々しい復活を遂げていた。麻優が絶頂するところに昂奮させられたせいで。

脈打つそれを握ると、快美の波が背筋を伝う。

「むぅ」

繁昌は呻き、腰を震わせた。

しどけなく横たわり、呼吸をはずませていた麻優が、瞼を開く。そそり立つ牡器官を視界に入れても、まったくうろたえなかった。

それどころか身を起こし、武骨な肉棒に手をのばす。

「もうこんなに……」

繁昌が手をはずすと、代わって握る。指に強弱をつけて漲り具合を確認し、ゆるゆるとしごいた。

「ああ」

うっとりする快さに、繁昌は膝を震わせて喘いだ。

「そう言えば、まだしてなかったよね」

彼女が何かを思い出したように告げる。

「え、何を？」

「おしゃぶり」

漫画のフェラチオシーンを見せ、同じことをしてあげると言ったのだ。

麻優は繁昌の前で膝立ちになると、赤く腫れた亀頭をじっと見つめた。粘膜が張りつめてツヤ光るそこに、顔でも映っているのだろうか。

「じゃ、舐めるね」

反り返るモノを自分のほうに傾け、尖端にチュッとキスをする。粘っこい先汁が、唇と鈴口のあいだに糸を繋げた。

それを舐め取ってから、Oの字に開いた口の中へ、男根を迎え入れる。温かく濡れた中で、舌がてろてろと動いた。

(うう、気持ちいい)

初めての口淫奉仕に挑む麻優は、眉間にシワを寄せた真剣な面持ちだ。どうすればいいのかと、考えながらしゃぶっているのが窺える。

そんな生真面目な姿勢に好感を抱きながら、繁昌は昂《たかぶ》りも覚えた。自らは仁王立ちの姿勢で、膝をついた処女に淫らな奉仕をさせているのである。

ピチャ——。

口許からこぼれる舌鼓にも、からだが熱くなる。男の感じるところがちゃんとわかっているようで、彼女は包皮の継ぎ目やくびれを舌で丹念に辿った。

三分ほども続けてから、麻優は秘茎から口をはずした。

「ふう」

息をつき、唾液に濡れた屹立に熱っぽい眼差しを注ぐ。

「フェラチオって、けっこう難しいのね」

率直な感想を述べ、上目づかいで繁昌を見た。

「そう言えば、繁昌君はクンニでイカせてくれたけど、経験あったの？」

「まあ、それなりに」

「誰と？」

返答に詰まる。三人と経験があって、それがすべて人妻だとわかったら、さすがに軽蔑されるかもしれない。

「……ま、べつにいっか」

幸いにも、彼女はすぐに質問を撤回してくれた。

「ねえ、わたしとしたい？」

セックスのことだと、繁昌は直ちに理解した。

「うん。したい」

前のめり気味に答える。彼女の初めての男になりたかったのだ。

「いいよ。ね、来て」

再び仰向けに寝そべり、両手を差しのべる女子大生。繁昌は鼻息を荒くしながら身を重ねた。

長い前髪が、汗で湿ったひたいに張りついている。それを左右に流し、顔がよく見えるようにすると、彼女が恥ずかしそうに視線を逸らした。

「顔、あんまり見ないで」

途端に、愛しい気持ちがマックスまでふくれあがる。

「麻優ちゃん――」

呼びかけて、唇を重ねる。ふにっとした柔らかさと、ぬるくてかぐわしい吐息を感じ、全身が熱くなった。

（……おれ、麻優ちゃんとキスしてるんだ）

自分から奪っておきながら、今さらのように実感する。お互いに求め合ってくちづけを交わした気になっていたのだ。

もっとも、彼女のほうもしたかったようである。繁昌より先に舌を出し、唇のあいだに割り込ませたのだから。

「ンふ」

ふたつの舌がふれあうと、麻優が小鼻をふくらませる。チロチロと戯《たわむ》れるところから、甘美な電流が流れる心地がした。

（キスって気持ちいいんだな）

人妻ふたりとのファーストキスもよかったが、今も官能的な心地にどっぷりとひたる。セックス以上の親密な繋がりを感じた。

もちろん、性器でも深く結ばれたい。

舌を行き来させながら、唾液を与えあう。身をくねらせる彼女の腿のあいだに腰を割り込ませ、下半身の密着を愉しんでいるあいだに、肉槍の穂先が意図せず恥芯を捉えたようだ。

顔をあげると、黒い瞳が潤んでいた。

「……繁昌君のが、わたしのアソコに当たってる」

麻優のほうも、処女地を狙われていると悟ったようだ。

「このまま挿《い》れていい？」

繁昌の問いかけに、彼女は無言でうなずいた。

年上の人妻としかしていないから、バージンを奪うのは初めてだ。こちらがすべてリードしなければならず、うまくできるだろうかと不安がこみあげる。

一方、麻優の表情も強ばっていた。

処女膜を破られるとかなり痛いと、繁昌も聞いたことがある。エロ漫画の世界では、初めてでも気持ちいいという描き方が定石だが、それはフィクションだと彼女とてわかっているのだろう。

よって、恐怖を覚えるのは当然だ。

（ていうか、本当にいいのか？）

このまま奪っていいのかと、繁昌はためらった。そもそも麻優は、どうして初体験の相手に自分を選んだのだろう。

繁昌自身は、彼女のことが好きになりつつある。いや、キスせずにいられなかったぐらいに、愛しい気持ちが大きくなっていた。

だが、麻優のほうはどうなのか。

繁昌の家に来たのは、漫画が目当てだった。同じゼミに所属して、好感ぐらいは抱いていたにせよ、エロ漫画に刺激されてこういう展開になったのである。恋愛感情など持ってはいまい。

なのに受け入れる気になったのは、早く処女を捨てたいからだと思われる。あるいは、エロ漫画に影響されて体験したくなったとか。

そんないい加減な気持ちでロストバージンをしていいのだろうか。また、それに便乗して快楽を貪ることは許されるのかと、自問自答せずにいられない。ちゃんと初体験を遂げさせる自信がなくて、躊躇するところもあった。

「どうしたの？」

繁昌がじっとして動かなかったものだから、麻優が訝るふうに眉根を寄せる。

「あ、いや」

何でもないフリを装ったものの、さりとてどうすればいいのかと迷う。

今さら中止になんてできない。自分に魅力がないからやる気が失せたのかと、麻優は傷つくであろう。また、こういうことは本当に好きな男とするべきだと説いたところで、互いの性器をねぶり合ったあとでは説得力に欠ける。

繁昌は追い込まれた。こうなったら、どんな結果を招こうがやるしかないと捨て鉢になったところで、いきなり部屋のドアが開く。

「え、何やってるの？」

驚きを含んだ声。振り返らなくても美保子だとわかった。

「キャッ、なに⁉」

いきなりの闖入者《ちんにゅうしゃ》に、麻優はパニックに陥ったようだ。

焦って繁昌を押し退《の》け、床に落ちていたスカートとパンティを拾いあげる。それを胸に抱いて、クッションの後ろ側に隠れた。

「この子、誰？」

美保子と一緒に来た渚が、眉をひそめる。繁昌も麻優も下半身まる出しなのであり、何をしていたのかなんて明白だ。さすがに、処女を破る寸前だったとは、想像すらしないであろうが。

いいところで邪魔が入った状況ながら、繁昌は内心ホッとしていた。いずれ麻優の初めてをもらうにせよ、時間を置き、しっかりと愛を育んでからでも遅くない。

だが、この人妻たちが関わって、真っ当な展開など望めるはずがないのだ。

2

美保子はお隣さんで、渚は彼女の友達。ふたりが漫画を読むためにこの部屋へ通っていたことを、繁昌は麻優に説明した。もちろん、肉体関係には触れず。

「この子は湖山麻優さん。大学でゼミがいっしょなんだ」

人妻たちに紹介すると、

「繁昌クンのカノジョなの？」

と、渚が質問する。

「あ、ええと」

繁昌は返答に詰まった。

下半身裸で抱き合っていたのだ。ただの友達だと言っても信じてはもらえまい。

今もふたりは、脱いだもので股間を隠すのみ。身繕《みづくろ》いを整えていなかった。麻優がチョイスしたエロ漫画も出しっぱなしだし、それを読んで昂奮し、求め合ったと邪推される恐れもある。

どう答えればいいのか困っていると、

「彼女なんかじゃありません」

麻優が横から否定する。それも、かなり強い口調で。

（そこまできっぱり言わなくても……）

繁昌は傷ついた。恋心を抱いていたのに、特別な間柄ではないと断言されたからだ。

「だったら、どういう関係？」

「それは――」

迷いを浮かべながらも、麻優はここに来た理由と、ああいうことになった経緯を打ち明けた。ほんのわずかな脚色や誤魔化しもせずに。

それもまた、特別な感情はないと訴えているようで、繁昌は悲しかった。

（麻優ちゃんはおれのこと、何とも思ってなかったんだな……）

ただロストバージンをしたかっただけで、相手は誰でもよかったのだ。それこそ、浮気性の夫を振り向かせるために、繁昌のからだで性技を学んだ綾花のように。

情愛が行き交っていると信じられたくちづけを思い返し、涙ぐみそうになる。結局、またもフラれてしまったわけである。

自分はこの先、女性たちのオモチャにされるだけで、恋人なんて一生できないのではないか。そんな卑屈な思いにも囚われたとき、

「だったら、わたしたちが来てよかったわ」

美保子が朗らかに言う。

「え、どうしてですか？」

「だって、繁昌君はわたしたちとしか経験がないし、ロストバージンさせるのは難しいはずよ」

さらりととんでもないことを暴露され、繁昌は慌てた。『わたしたち』なんて言ったら、美保子ばかりか渚ともセックスをしたとバレてしまう。

ところが、麻優は少しも驚かない。納得したふうにうなずいたところを見ると、人妻たちが部屋に入ってきたときから、単なるお隣さんではないと察したらしい。よっぽど親しくない限り、勝手に入ってこないはずだから。

それに、彼女はエロ漫画オタクなのである。隣の人妻に性の手ほどきをされるなんて、定番すぎるシチュエーションだ。現実でもあり得ると、直ちに受け入れられたのではあるまいか。

だからだろう、

「わたしたちが、うまくロストバージンできるように手伝ってあげる」

美保子の申し出に、麻優は「お願いします」と、深々と頭をさげたのである。

繁昌も麻優も全裸にさせられた。初めてのときはちゃんと肌を合わせたほうがいいと、人妻たちに言われたのだ。

だったら、ベッドなり蒲団なりでするべきだと思うものの、場所はそのまま漫画ルームである。恋人同士の初夜ではなく、目的は処女を散らすことだから、そこまで格式張らなくてもいいというわけか。

(いや、単に自分たちが見たいからだな)

ここは八畳あって、家具は本棚だけだから、スペースに余裕がある。他のふたつは六畳間で、ベッドだの机だのがあって四人もいたら手狭だ。それに、リビングダイニングでは落ち着かない。

ただ、破瓜《はか》の出血でラグマットを汚さないようにと、バスタオルが用意された。

「これをおしりの下に敷いてね」

言われて、麻優の面差しがわずかに強ばる。出血するということは、処女膜が切れて痛いかもしれないのだと、改めて思い知らされたからであろう。

それでも逃げることなく、ラグマットに身を横たえた。

「キレイなおっぱい」

渚が羨《うらや》ましそうに言う。バージン女子大生の乳房は、大きさこそ手のひらですっぽりと包めるぐらいだが、頂上の突起が小さめで、清らかなピンク色だったのだ。

「オマンコも可愛いわ。ビラビラがはみ出してないし、肌もくすんでないもの」

美保子が秘苑を覗き込む。そんなところまで批評されて、麻優はさすがに頬を赤らめた。

「繁昌君、クンニしてあげたって言ったよね」

「あ、はい」

「もっとしっかり濡らしたほうがいいから、わたしもしてあげる。渚さんはおっぱいをお願い」

「オッケー」

ふたりの人妻が、若い裸身の股間と胸部に顔を伏せる。

「あ、あっ」

麻優が首を反らして喘ぎ、白い肌をピクンとわななかせた。年上の同性に敏感なところをねぶられ、快感を得ているのだ。

（女同士なのに……）

どうしてこんなことができるのだろう。エロチックな場面を目の当たりにしても、繁昌はとても信じられなかった。

人妻ふたりとしたファーストキスでも、彼女たちは女同士で唇を交わしていた様子だった。綾花を部屋に連れてきたときも、おっぱいを揉むなどのセクハラじみたスキンシップが見られた。

特に同性愛の傾向などなくても、触れたり舐めたり程度のことなら、抵抗は少ないのかもしれない。麻優のほうも、愛読しているエロ漫画でこういう展開を何度も目にしたから、普通にアリだと思っているとか。

ともあれ、ただひとり蚊帳《かや》の外にされて、繁昌は手持ち無沙汰であった。しかも素っ裸なのである。

二十歳の女子大生の股間にうずくまり、ピチャピチャと舌を躍らせる熟れ妻のボトムは、白の七分丈パンツだった。豊臀にぴっちりと張りついたそこに、裾がレースになった水色のパンティが透けている。

ただでさえ色香の匂い立つような丸みが、さわってとせがむみたいにぷりぷりと揺すられる。もちろん意図的な動作ではなく、クンニリングスの最中で自然とそうなるだけなのだが。

綾花に続いて、麻優にも失恋した繁昌は荒《すさ》んでいた。自分にも手を出す権利はあるのだと決めつけ、たわわな丸みの中心に顔を埋める。

「ンぅ」

美保子が小さく呻き、尻の谷をすぼめた。

ほんのり甘酸っぱい匂いがして劣情が高まる。人妻たちが乱入して萎んでいたペニスに、みたび血液が集まった。

残念ながら、パンツは布が硬めであった。臀裂に喰い込んだ縫い目など、鼻をめり込ませようとすると痛みを感じるぐらいに。

ならばと脱がそうとすれば、ヒップを振り立てて拒まれる。麻優が「イヤイヤ」と切なげによがったから、クンニリングスに集中したいのだろう。

仕方なく、渚の真後ろに移動する。ギャル妻もおしりを突き出した格好だったのだ。

(あれ?)

ミニスカートの裾から、ナマ尻の下側が覗いていてドキッとする。ノーパンなのかとスカートをめくれば、前に美保子が穿いていたようなTバックであった。

(うわ、エロい)

デザインと色こそ異なれど、後ろの部分がかなり細いのは一緒である。そのため、セピア色に染まった肛門のシワが隠しきれていない。

内部の形状を浮かせた狭いクロッチには、かなりあからさまなシミがあった。一度乾いたところに、また新たなものが染み出したふうなものだ。

彼女がアナル舐めで乱れたことを思い出す。もしかしたら、Tバックの細身で後穴をこすられ、感じたのではあるまいか。

また、これだけ喰い込めば、秘部も刺激されるであろう。インナーの二点責めでたまらなくなり、愛液を滲ませたのだとか。

実際、そこは発情した証《あかし》の熱気を放っていた。酸味の強いチーズ臭も感じられる。

渚のほうは、こちらが手を出しても抵抗しなさそうだ。むしろ舐めてほしいのではないかと、細い布を尻の谷間から引っ張り出す。横に大きくずらせば、可憐なツボミと無毛の恥唇があらわになった。

淫らな匂いと見た目に誘われ、繁昌は人妻の陰部に顔を埋めた。

「あ、あっ」

麻優の声が大きくなった。渚が乳首を強く吸ったのかもしれない。

花弁の狭間に溜まっていた蜜汁は、粘りが強くて塩気も顕著だ。Tバックの刺激で感じていたのは、まず間違いあるまい。午前中はボランティアをしていたのなら、オナニーもできなかったであろう。

そんな人妻を慰めるべく、蒸れた湿地帯をねぶってあげる。

「むっ、う――むふッ」

渚が息をはずませる。秘核を舌ではじきながら、鼻の頭で秘肛をこすると、腰回りをピクピクとわななかせた。

ひと回り以上も年下の男に、生々しい匂いを放つ女芯を舐められて身悶える。欲望に正直なギャル妻の反応に昂り、繁昌はいっそう激しく舌を躍らせた。滴りそうになった恥蜜を、ぢゅぢゅッと吸いたてながら。

「ちょっと、何してるの？」

美保子の声で我に返る。顔をあげると、すでに身を起こしていた彼女が、眉をひそめていた。

「今は麻優ちゃんのロストバージンが先でしょ。こっちにいらっしゃい」

叱られて、やむなくおしりから離れる。渚は照れくさいのか、女子大生のおっぱいに顔を伏せたままだった。

美保子のそばに行くと、そそり立つ若茎を握られる。

「こんなに硬くして。渚さんのオマンコを舐めて昂奮したのね」

軽く睨まれ、肩をすぼめる。熟れ妻は屹立を口に入れ、温かな唾液をたっぷりとまといつかせた。

「あ、あ、うう」

戯れる舌が、くすぐったい悦びをもたらす。ただ潤滑するだけかと思えば、やけにねちっこくしゃぶられた。しかも、陰嚢もモミモミされながら。

「み、美保子さん」

膝が震え、立っていられなくなる。彼女の肩に摑まり、ふと寝そべった麻優を見れば、晒された秘苑は薄白い粘液でべっとりと濡れていた。

（うわ、こんなに）

フェラチオも巧みだが、美保子は女性を感じさせるすべも心得ているようだ。同性だから、どこをどうすれば快いのかわかるのかもしれない。

かなり高まったところで、ペニスが解放される。唾液に濡れて赤みを著しくしたそれが、ビクンビクンとしゃくりあげた。

「これならオマンコに挿れたあと、長く持たないわね」

彼女の言葉に、繁昌は「え？」となった。

「初めてのエッチで気持ちよくなれるわけないし、処女膜が切れて痛かったら、オチンチンを動かされたくないでしょ。だから、早めに精子が出せるようにしたの」

破瓜の苦痛を長引かせないための処置だと、ようやく理解する。

(美保子さんも初めてのとき、かなり痛かったのかも)

なのに男が長々と抽送を続け、拷問にも等しい目に遭《あ》ったのではないか。そんな悲劇を、年下の処女に味わわせたくないのだろう。

「それじゃ、麻優ちゃん抱きしめてあげて。そうすれば、女の子は安心できるから」

「わかりました」

「挿れるのは心配しないで。わたしがちゃんと導いてあげる」

渚を相手に、初めての正常位に挑んだとき、最初に挿入するよう言われた。だが、この場合は麻優のために、あえてセオリーに反するやり方をさせるようだ。

「渚さん、もういいわよ」

「ん」

顔をあげた渚の頰は赤らんでいた。さっきのクンニリングスのせいなのか。繁昌と目が合うと、気まずげに逸らした。

麻優は瞼を閉じ、胸を上下させている。吸われた乳頭がツンと突き立ち、ピンク色がいっそう鮮やかだ。

(よし)

繁昌は分身を奮い立たせ、若い女体に身を重ねた。

全裸だと、肌のなめらかさがダイレクトに感じられる。マシュマロみたいな柔らかさも心地よく、無性にジタバタしたくなった。

「麻優ちゃん」

呼びかけても、彼女は目を開けなかった。むしろ、いっそうキツく瞼を閉じる。いよいよというときを迎え、恥ずかしさがピークに達しているのか。

それでも、首の後ろに腕を入れると、縋《すが》るように抱きついてきた。

繁昌の腰は、膝を立てた麻優の脚のあいだにあった。猛る陽根の尖端は、入るべきところの間近にあるはず。あとは狙いをつけるのみだ。

そのとき、背後から股間に手が差し入れられる。美保子だ。反り返るモノの角度を調節してくれる。

「このまま進んで。ゆっくりね」

言われたとおりにすると、濡れた窪地に亀頭が接した。

「うん、そこよ。もう少し」

さらに進むと、狭い谷にめり込む感じがある。けれど、すぐ関門にぶつかった。

（ここで間違いなさそうだな）

処女の入り口を捉えたのだとわかった。美保子の指もはずされる。

「いい？　少しずつ挿れて、キツいと思ったらいったん休むの。で、またちょっと進んで、狭い穴をだんだん広げるのよ。処女膜はわりと弾力があるから、時間をかければ伸びるはずだから」

なるほどと、繁昌はうなずいた。

自分だけだと焦りまくり、無理に貫通させて悲惨な結果を招いたかもしれない。アドバイスをされたことで、落ち着いてやり遂げられそうだ。

繁昌は徐々に侵入するよう心がけて進んだ。麻優が顔をしかめるとインターバルを取り、落ち着いたら進むを繰り返す。

それにより、狭まりが確実に広がるのを感じた。

麻優が瞼を開く。もうすぐだと悟ったらしい。

「だいじょうぶ？」

訊ねると、小さくうなずく。それから、

「ね……キスして」

くちづけを求め、再び目を閉じた。唇を重ねると、最初から強く吸ってくる。

(麻優ちゃん——)

愛しさで胸をふくらませ、繁昌は舌を差し入れた。

ピチャ……チュウっ——。

口許からこぼれる濡れ音で、いよいよひとつになるのだという実感が高まる。深いくちづけで、心のほうはしっかりと結びついていた。

待ちきれなくなったのか、麻優が両脚を掲げ、腰に絡みつけた。おまけに、自分のほうに引き寄せたのである。

「むふっ」

繁昌は堪えようもなくからだを沈めた。次の瞬間、ペニスが熱い締めつけを浴びる。

「ふはっ——あああッ!」

麻優が唇をほどき、悲鳴をあげる。

「え、入ったの?」

美保子が驚く。後ろから結合部を覗き込んだようだ。

「……うん。ちゃんと入ってるわ」

言われるまでもなく、繁昌もわかっていた。まといつく媚肉が、分身をキュウキュウと締めつけていたのだ。

麻優は口を半開きにして、せわしない呼吸を繰り返す。そんなに痛かったのかと心配になったが、程なく表情が和らいだ。

「ふう」

息をつき、繁昌をじっと見つめる。

「入ったんだよね？」

「うん」

「よかった……」

女になったことが嬉しいのか、穏やかな微笑を浮かべた。痛々しくも、目的を遂げた満足げな笑顔。

「痛い？」

横から美保子が訊ねる。

「……最初だけズキンってしましたけど、今は平気です」

「でも、繁昌君が動いたら痛いかもね。せっかくの初体験なんだから、精子を中に出してもらいたいでしょ」

麻優はちょっと考えてから、「そうですね」と答えた。

「生理はいつ？」

「終わったばかりです」

「じゃあ、だいじょうぶね。不安だったら、あとでアフターピルをあげるわ」

そんなやりとりのあいだにも、繁昌はぐんぐん上昇していた。処女をもらった感激が昂りに昇華され、甘美な締めつけもあって目がくらんでいたのである。

「ほら、早くイッてあげて」

美保子が手をのばす。おしりのほうから陰嚢に触れ、すりすりとさすった。

「あ、ああっ、駄目」

絶頂の波が押し寄せ、繁昌はぎくしゃくと腰を揺すった。麻優が「あ、ああっ」とつらそうな声をあげるのもかまわずに。

「で、出ます」

蕩ける歓喜に意識を飛ばし、熱情のエキスをほとばしらせる。初めて男を受け入れたばかりの膣奥へ。

「ああーん」

体内に広がるものを感じたのか、オトナになった女子大生が、悩ましげに眉根を寄せた。

3

麻優は少し出血していた。ピンク色に染まったザーメンが恥芯から垂れ落ちるのを、繁昌も目撃したのである。

それをティッシュで拭ったあと、美保子が再びクンニリングスをする。傷を癒やそうとしたようだ。

「だ、ダメですよぉ」

麻優は抗ったものの、快感には勝てなかったらしい。間もなく切なげな喘ぎをこぼしだした。

「じゃあ、あたしはこっちね」

脱力して坐り込んでいた繁昌の股間に、渚が手をのばす。

ロストバージンのあいだ、彼女はおとなしくしていたのだ。一生に一度の大切な場面を、神妙に見守っていたようである。あるいは自分の初体験を思い出して、胸に迫るものがあったのか。

それが無事に終わって、ようやく本領を発揮する心づもりになったようだ。

繁昌のペニスは射精したあと、何も後始末をしていない。かなりベタついているはずなのに、渚は厭うことなく指を巻きつけ、揉むようにしごいた。

「ちょ、ちょっと」

まだオルガスムスの余韻が残っており、刺激されるとムズムズする。腰をよじって逃れようとしたが、彼女は手を離さなかった。

「抵抗すんじゃないの」

何を思ったか、からだ全体でぶつかり、繁昌を仰向けにさせる。ひらりと身を翻し、逆向きで跨がってきた。

「むぷっ」

顔をおしりで潰され、呼吸が止まる。淫靡な匂いが脳にまで流れ込み、からだも動かなくなった。

(あれ、下着は？)

不意に気がつく。渚はいつの間にかTバックを脱いでいた。麻優が終わったら次は自分だと、あらかじめ準備していたらしい。

秘苑はヌルヌルだ。クンニリングスをしたあとで時間が空いたのに、まったく乾いていない。もしかしたら、処女が破られるところを見物しながら、自らの指で慰めていたのだろうか。

「ほら、マンコ舐めて」

はしたない台詞を口にして、陰部を口許にこすりつけてくる。繁昌はどうにか舌を出すと、濡れ割れを懸命に吸いねぶった。

「ああ、あっ、それいいッ」

悦びに身を震わせ、軟らかな秘茎を咥える。舌をねっとりと絡めてしゃぶり、さっきのお返しをしてくれた。

おかげで、秘茎が容積を増す。

(……ていうか、こういうことにならないよう、麻優ちゃんを連れてきたはずなのに)

人妻たちを牽制するつもりが、すべてが裏目だ。またも爛れた行為に溺れている。この場所は、溜まり場になるよう運命づけられているのだろうか。

そのとき、玄関の呼び鈴が鳴った。こちらが返事もしないのにドアが開けられ、何者かが勝手にあがったようだ。

「え、誰?」

美保子と渚が身を起こす。繁昌も何事かと飛び起きた。

そして、その者が部屋に入ってくる。

「ああもう、信じられないっ！」

嘆きの声をあげたのは、若妻の綾花だった。室内の光景に少しも驚かないのは、自身も先週、同じ場所で複数プレイに興じたばかりだったからか。

「ちょっと、どうしたの？」

美保子が訊ねると、綾花はラグマットにぺたりと坐った。

「あのひと、また浮気したんです」

顔を悔しげに歪めて報告する。我慢の限界だと、顔に書いてあった。

彼女の話によると、夫は今日、スマホを忘れて仕事に出かけたという。そこにメールアプリのメッセージが表示されたので見たところ、明らかに女からであった。

しかも、『昨日は楽しかった』と、ハートマーク付きのもの。

夫は日曜日に、休日出勤だと言って外出した。それは真っ赤な嘘で、女と会っていたわけである。

「わたし、金曜日も土曜日も、あのひとにたっぷりサービスしたんですよ。仕事で疲れてるって言ったから、あなたは何もしなくていいよって、わたしが上になって」

教わったばかりの騎乗位を実践したらしい。

その前にはシックスナインで、互いをねぶり合ったとも綾花は打ち明けた。話し振りからして、秘部のいやらしい匂いも嗅がせたのではないか。

そこまでしてザーメンを搾り取ったのに、夫は日曜日に女と会い、明らかに肉体関係を持ったようだ。綾花が怒るのも無理はない。

「絶対に許さない。わたし、あのひとと離婚します！」

この宣言に、美保子は笑顔でうなずいた。

「それがいいわ。綾花さんは可愛いから、すぐにいいひとが見つかるわよ」

「まあ、決心するのが遅いぐらいだけどね」

夫を歓ばせる方法をレクチャーしておきながら、渚が身も蓋もないことを言う。

「ホント、バカみたいです。もっと早く愛想を尽かすべきでした」

憤懣《ふんまん》やる方ない様子の綾花であったが、

「あれ、このひとは？」

全裸で寝そべる麻優の存在にようやく気がついた。

「繁昌君の、大学のお友達だって」

「たった今ロストバージンしたところ」

年上の人妻たちから説明され、半分納得という面持ちでうなずく。

「そうなんですか……初めまして、栃川綾花です」

自己紹介をされ、麻優はのろのろと身を起こした。

「どうも。湖山麻優です」

「繁昌さんのカノジョさん？」

「あ、いえ。初体験の相手をしてもらっただけです」

これに、繁昌はまたも落ち込んだ。結ばれたあとでも、麻優は特別な存在だとは思っていないらしい。

「じゃあ、カレシはいないのね」

「はい」

「あのね、恋人にするのなら、誠実で真面目な男性を選んだほうがいいわよ。ウチのダンナみたいに、何人もの女と軽々しく付き合うようなやつは、男として最低なんだからね」

実感のこもった忠告に、麻優は神妙な面持ちでうなずいた。

（いや、当てつけかよ）

繁昌は憮然となった。三人の人妻とセックスをして、今また同じゼミの女の子の処女を奪った自分のことを言っている気がしたのだ。

もっとも、欲望に任せて四人と関係を持ったのは事実である。自分から迫ったわけではないけれど、誘惑を拒めなかったり、その場の状況に流されたりで、安易な行動を取ったのは否めない。

（やっぱり間違ってたんだろうか……）

反省しかけた繁昌であったが、結局は女性たちの快楽玩具にされる運命のようだ。

「離婚するって決めたんなら、ダンナに遠慮する必要はないってことだよね。じゃあ、たっぷり愉しもうよ」

渚の提案に、綾花が目をきらめかせる。

「はい、そのつもりです」

「だったら、チンポは任せるね」

抵抗する間もなく押し倒された繁昌は、またもギャル妻のヒップで顔面を押し潰された。

「むうう」

抗いつつもクンニリングスを始めたところで、ふくらみかけたイチモツを握られる。

「せっかくフェラチオも勉強したのに」

不満をあらわにしたのは綾花だ。小さな手でニギニギされ、繁昌はくすぐったい快さにひたった。

そのとき、

「繁昌君は、ここにいる皆さんとエッチしたんですか？」

麻優の質問に、美保子が「そうよ」と答えるのが聞こえ、ばつの悪さを覚える。

（たぶん、とんでもないヤリチンだと思ったろうな）

さっきも真面目な男がいいとアドバイスをされたし、彼氏候補にしてはもらえまい。また、綾花も離婚が成立したところで、自分を次のパートナーに選んではくれないだろう。

せっかく童貞を卒業し、女性経験も積んだのに、そのせいで恋人ができないなんて。世の中はうまくいかないなと心の中で嘆きつつ、繁昌はかぐわしい女芯をねぶり続けた。渚がおしりをずらしたので、アヌスにも舌を這わせる。

「くうぅう、キモチいいっ」

そこを舐めてもらえるよう、彼女は自ら位置を調節したようだ。

半勃起まで回復したところで、綾花が肉棒を口に入れる。教わったとおりに、敏感なところを的確に攻めた。

「むふっ」

繁昌は太い鼻息をこぼしつつ、ギャル妻に奉仕する。膣口に舌を侵入させると、尻の谷がキュッとすぼまった。

「あぁん、それもいいのぉ」

鼻の頭が当たる秘肛を、せわしなく収縮させる。

若妻の献身的な吸茎に、繁昌は凛然となった。それを見計らったみたいに、

「チンポ、大きくなった？」

渚が息をはずませながら問いかける。綾花は口をはずすと、正直に「はい」と答えた。

「だったら、先にあたしがヤルね」

顔に乗っていたおしりがどいて、視界が開ける。

何気に視線を横に向けた繁昌は、目を疑った。いつの間にか全裸になった美保子が、麻優と抱き合っていたのである。

「可愛いわ」

膝に乗せた女子大生の髪を撫で、頬やひたいにキスをする。麻優のほうも満更ではないらしく、人妻にしがみついて甘えた。

（美保子さんって、バイセクシャルなのか？）

渚とのキスや、綾花にクンニリングスをしたときとは雰囲気が異なる。単なるスキンシップや性的な戯れではなく、情愛が通っているかに見えたのだ。それこそ、ペニスを持っていたら犯しそうに。

女同士の親密なふれあいに、美保子はかなり積極的である。おそらくもうひとり、麻優のおっぱいを吸った渚も。

(美保子さんと渚さんって、前々から親しすぎる関係だったのかも)

単なるボランティア仲間ではなさそうだ。だからこそ渚をこの部屋に連れてきて、同じ男——繁昌を共有する展開に持っていったのではないか。

さらに綾花と麻優も加わって、四人全員が男女見境なく快楽を貪るようになったら、この部屋はますますカオスな溜まり場になりそうだ。

(そんなことより、おれ、もう二回も出してるんだけど)

自らが直面する事態に、繁昌は蒼《あお》ざめた。

渚はヤル気まんまんだし、間違いなくセックスをするつもりだ。綾花も夫への当てつけで、お返しの浮気を考えていそうである。

そうなれば美保子も黙っていないだろう。次は自分だと迫ってきて、さらに麻優からもう一度と求められたら、睾丸が空になってしまう。

このあとはなるべく射精しないよう、我慢するしかない。そう自らに言い聞かせたとき、渚が腰に跨がってきた。

「え？」

繁昌は啞然となった。ちょっと目を離した隙に、彼女も素っ裸になっていたのである。おまけに、脇にどいた綾花も、服に手をかけている。

五人全員が一糸まとわぬ姿になり、これから夕方まで過ごすのか。ちょっとでも気を抜いたら、タマの中身をすべて抜かれてしまうだろう。

(出すんじゃないぞ)

今一度自戒したとき、ギャル妻が坐り込む。

ぬぬぬ――。

屹立が抵抗なく狭穴へ吸い込まれた。

「あああッ！」

渚が首を反らして嬌声を放つ。ずっと我慢していて、ようやく望みが叶ったかのよう。麻優の初体験を見守りながら、やはり欲望を募らせていたと見える。

「あうう、カチカチのチンポ、キモチいい」

卑猥なことを口走り、すぐに動き出す。前屈みになって両手を繁昌の脇に突き、ヒップを忙しく上下させた。

「あ、あ、あ、あん」

悦びの声をはずませだして間もなく、繁昌の頭を膝立ちで跨ぐ者がいた。恥丘の淡い繁みで、顔が見えなくても綾花だとわかる。

「わたしのも舐めて」

若妻が顔面騎乗に挑む。このあいだのように下着は穿いておらず、剝き身の恥芯を牡の顔に密着させた。

むわん——。

こぼれた牛乳を拭いた布巾を思わせる、悩ましい匂いが鼻腔を満たす。パンティ越しに嗅いだものより濃厚ながら、前回嗅いだアンモニア臭はほとんどなかった。あれはクロッチに染み込んでいたものらしい。

(綾花さんには、クンニをしてなかったんだよな)

そのことに気がついて、是非とも気持ちよくしてあげたいと思う。そっちに集中していれば、射精も回避できるだろう。

若尻を両手で支えて位置を調整し、まずは秘肉の合わせ目をチロチロとくすぐる。

「くぅーン」

愛らしい反応に煽られて、舌を少しずつ裂け目に侵入させた。粘りの少ない愛液を舐め取れば、

「イヤイヤ、あ、はうう」

切なげによがるのが愛おしい。包皮に隠れた花の芽をほじると、内腿がビクッとわなないた。

「きゃふッ」

甲高い声もほとばしる。やはりクリトリスは敏感だ。

「あふっ、ハッ、あ——ま、マンコが溶けるぅ」

騎乗位で交わる渚は、かなり高まっているようだ。腰づかいの速度があがり、強い締めつけでペニスを摩擦する。そちらを気にすると上昇しそうなので、繁昌は女芯ねぶりに意識を向けた。できればふたり同時に頂上へ導きたい。

秘核を集中して攻めながら、鼻の頭でアヌスもこする。だが、美保子や渚ほど奔放ではなく、肉体も成熟していない綾花は、後穴への刺激に顕著な反応を示さなかった。

(おしりの穴は、そんなに感じないみたいだぞ)

まだ若いというのもあるのだろう。今後も関係が続けられるようなら、是非とも開発してあげたい。

ふくらんで硬くなった秘核をちゅぱちゅぱと吸い、舌先で振動を与える。

「だ、ダメ、あああああ」

若妻が急角度で上昇した。

「ううう、チンポいい。い、イッちゃいそう」

渚もいよいよ極まったらしい。

「い、イヤ、あ、あっ」

「イクッ、イクッ、うううううう」

ふたりのアクメ声が淫らなデュエットを奏で、ほぼ同時に裸体を強ばらせる。

「ふはッ、あ、あふ」

「くふぅうう、う――――はぁ」

荒ぶる息づかいと細かな痙攣ののち、先に綾花が崩れ落ちた。すぐ脇で、胎児みたいにからだを丸める。

「むぅ、ううう」

渚はオルガスムスの余韻にひたって呻き、脱力して繁昌に抱きついた。首筋に熱い吐息を吹きかけ、

「すっごくよかった」

と、うっとりした声音で告げる。脈打つ肉根を、蜜穴の入り口で名残惜しげに締めつけながら。

いつになく愛らしい反応に引き込まれ、分身が雄々しく脈打つ。油断して爆発しそうになり、繁昌は焦って気を引き締めた。

4

射精を回避して安堵したのも束の間、ギャル妻が離れると、別の手に引っ張られて起こされる。

「次はわたしよ」

当然の権利だと言わんばかりに主張したのは美保子である。繁昌と交替してラグマットに寝そべり、正常位で牡を迎える体勢になった。

(休みなしかよ)

渚とは騎乗位であったが、同時に綾花にクンニリングスもしたから疲れている。インターバルがほしいというのが本音だった。

しかしながら、男が一に女が四、多勢に無勢である。こちらに主導権はなさそうだ。

仕方なく、繁昌が挑みかかろうとすると、

「あ、ちょっと待って」

美保子が制止する。横臥してぐったりしている若妻に、

「綾花さん、まだオチンチンを挿れてもらってないでしょ。いらっしゃい」

と、声をかけた。

(ひょっとして、また？)

繁昌は思い出した。四つん這いになった美保子と渚を、代わる代わる貫いたことを。あれはかなり気持ちよかったけれど、左右に動いてけっこう疲れたのだ。

できれば勘弁してもらいたい。思ったものの、今回はそれとは違った。綾花が気怠げな面持ちで寄ってくると、

「わたしの上に乗りなさい」

と、裸身を重ねさせたのである。それこそ正常位で男を迎えるみたいに。

美保子が両脚を掲げ、若妻の腰に絡みつける。綾花も膝を浮かせてヒップを上向きにし、ふたつの女芯が上下に並んだ。これなら順繰りに挿入することが可能である。

(だけど、エロすぎるよ)

人妻と人妻の交わりを見せられているようで昂奮する。もちろん性器は繋がってお

らず、繁昌がふたりと交わるのだ。

「さ、どっちからでもいいわよ」

旨そうな料理を目の前にいくつも並べられ、どれでも好きなものから食べていいと言われたのにも等しい。嬉しい迷いに疲れも吹き飛び、繁昌は脚を開いた正座の姿勢で、彼女たちの下半身に迫った。

(よし、まずは――)

ここは言い出しっぺのほうからだと、美保子の恥穴を狙って勃起を傾ける。濡れ割れにこすりつけて潤滑してから、ひと思いに貫いた。

「あふぅーん」

艶声が室内を桃色に染める。

(ああ、入った)

反り返ろうとする勃起が、柔肉で包み込まれる。豊かな快さを味わい、からだが感動で震えた。

上に重なった綾花のおしりと脚が少々邪魔っ気だが、どうにか抽送はできそうだ。

繁昌は腰を前後に振り、熟れ妻に喜悦の声をあげさせた。

「ああっ、あ、か、感じるっ」

あられもなくよがる年上の同性の顔を、綾花は間近で見ているわけである。いったいどんな心境なのだろう。まったく想像がつかないが、昂奮させられているのは確からしい。

その証拠に、若尻がくねくねと左右に揺れだした。

(綾花さんもほしがってるんだ)

だったらお望みどおりにと、美保子から抜いたものを上の女芯にぶち込む。

「くぅうう－ん」

仔犬の遠吠えみたいな声が放たれる。先週、騎乗位で交わったときと、内部の感触が違っている気がした。からだの向きが百八十度異なるためなのか。

せわしなく抽送すると、

「イヤ、あ、ダメよぉ」

若妻が今にも泣き出しそうに声を震わせた。今度は感じている顔を見られる側になり、かなり恥ずかしそうだ。

「綾花さん、すごくいやらしい顔をしてる」

美保子に言われて、切なげに鼻をすする。

「うう……あ、見ないで」

「可愛いわ」

不意に、綾花の喘ぎ声がくぐもった。「むぅ、ううっ」と呻いたことで、何が行われているのかを察する。

(キスしてるんだ!)

おそらく、美保子から求めたのだろう。

重なっている唇は見えずとも、女同士でくちづけを交わしているのは間違いない。いやらしすぎるシチュエーションに、繁昌は脳が沸騰しそうだった。

(人妻なのに、なんてエロいんだ)

負けていられないとばかりに、行ったり来たりでふたりと交わる。美保子と渚を相手にしたときには、内部の違いを比べる余裕があったが、今はひたすら突きまくるだけであった。

「ああん、す、すごくやらしいのぉ」

横から別の艶声が聞こえてドキッとする。見ると、クッションに腰掛けた麻優が、大股開きでオナニーをしていた。右手で秘苑を、左手で乳首をいじって。

エロ漫画をオカズにしていたぐらいである。重なった女体が代わる代わる男を受け入れるところは、それ以上に煽情的であったろう。たまらなくなるのも無理はない。

そして、ここにはもうひとりいるのだ。

「オナニーなんかしなくても、あたしが気持ちよくしてあげるよ」

渚が女子大生に前から迫る。股間に顔を伏せ、処女を失って間もない秘部に顔を埋めた。

「あ、あ、ああっ」

敏感なところをねぶられて、麻優は身をよじった。美保子にもされたから、もはや抵抗はないらしい。

「んんっ、麻優ちゃんのマンコ、すごく美味しい」

「イヤイヤ、言わないでぇ」

「キモチよくなったら、いつでもイッていいからね」

ちゅぴちゅぴ……チュッ。

舌づかいのねちっこい音が聞こえる。もはや自宅の漫画ルームは、色情ルームへと変貌していた。

「ふはっ——あああ、い、イキそう」

美保子がくちづけをほどき、若妻の下で裸身を震わせる。熱を帯びて蕩けた蜜窟も、剛直を奥へ誘うように蠢いた。

（よし、だったら──）

気ぜわしい出し挿れで熟れ妻をよがらせながら、繁昌は二本揃えた指を綾花の膣へ挿入した。ふたり同時にイカせたかったのだ。

「イヤぁ、あ、ああっ、ヘンになるぅ」

指ピストンで乱れる若妻が、可憐な秘肛をヒクつかせる。いつかそっちも可愛がってあげると胸の内で約束し、繁昌は腰と指の前後運動をシンクロさせた。

「あひっ、ヒッ、イヤイヤイヤ、い、イッちゃふぅうううーっ！」

昇りつめたのは、綾花のほうが早かった。蜜壺で指を締めあげて、尻の筋肉を強ばらせる。

「ううう、ふはっ」

美保子が腰に絡めた脚をはずすと、若妻が脱力して脇に転がった。ラグマットの上で、肌のあちこちをピクピクと痙攣させる。

（旦那さんとのセックスでは、ここまで感じなかったんじゃないか？）

ならば、吹っ切るのも容易だろう。すぐにでも離婚届を準備するのではないか。

そうなることを願いつつ、童貞を奪ってくれた人妻に抱きつく。

「美保子さん──」

「ね、わたしもイカせて」

「はい。もちろん」

唇を重ねると、情熱的に吸ってくれる。舌も絡め、肉体の上と下で深く繋がった。

「んっ、んっ、んっ」

くちづけの隙間から呻きを洩らし、腰を勢いよくぶつける。抉られる淫窟が、ぢゅぷッと卑猥な音をこぼした。

「んん、ン……はぁッ」

息が続かなくなり、繁昌は顔をあげた。下半身にも限界が迫っていた。

「美保子さん、おれ、もうすぐです」

「わたしもよ」

昂揚した面差しの美保子が、裸身を波打たせる。「あ、あ、もう」と、髪を乱してすすり泣いた。

「ね、ね、イクから。わたし、イッちゃうの」

「お、おれも出ます」

「出して、いっぱい。繁昌君の精子をちょうだい」

「はい。う、ううう」

ふんふんと鼻息をこぼして女芯を穿てば、ふたりの肉体をオルガスムスの波濤が襲う。目がくらみ、からだの制御が難しくなる。

「うあ、あ、で、出る――」

「はひっ、いいい、イクっ、イクイクイク、く……ふはぁあああっ！」

絶頂して暴れる女体から振り落とされないよう、繁昌はしがみついて腰を振り続けた。ドクドクと、熱い樹液を放ちながら。

(うわ、すごく出てる)

これが本日三度目なのである。虚脱感が著しく、ぐったりして美保子に重なる。

「ダメダメ、も、イッちゃう、イク、ダメなのぉおぉッ！」

渚にねぶられた麻優のアクメ声が聞こえたのは、熟れ妻の汗ばんだからだの上で、繁昌が気怠い余韻にひたっていたときであった。

＊

講義が終わると、麻優と一緒に大学を出る。ふたりでいることが増えたために、

『お前ら、付き合ってるのか？』

と、吉田は疑っているようだ。そんなんじゃないとはぐらかしたものの、むしろ付き合っていることにしたほうがいいかもしれない。

なぜなら、本当の関係を知られたら、もっと面倒だからだ。

団地に帰って我が家のドアを開けると、麻優は繁昌より先に漫画ルームへ直行する。卒論や就活で忙しくなる前に、できるだけたくさん読みたいようだ。

繁昌はトイレに向かった。用を足してから部屋に入ると、そこは四人の女性たちの溜まり場になっていた。

美保子はクッションの上で俯せの姿勢。無意識に振られる豊かなヒップがこれ見よがしである。

もうひとつのクッションを背もたれにする渚は、相変わらずパンチラを気にしない。今日は黒のレースで縁取られた浅葱色だ。

三つ折りのマットレスと枕を持ち込み、仰向けに寝転がって漫画を読むのは綾花。弁護士を立てての話し合いが進んでおり、離婚までは秒読みだと聞いた。

彼女は夫と別れたあとも、団地に住み続けるつもりだという。おそらく、この部屋の漫画と、他では味わえない快楽のために。

麻優は本棚の近くに置いた椅子に腰掛け、誰よりも速くページをめくる。さすがに読み慣れていることが窺える。

今は全員が漫画に夢中のようだ。けれど、ひとたびスイッチが入れば、淫らな展開へとなだれ込む。それは誰かが繁昌にちょっかいを出して始まることもあれば、繁昌のほうから手を出す場合もあった。

前者と後者の割合は、七：三ぐらいであろうか。但し、常に全員参加とはならない。その気にならないとか生理中だとか、基本的には女性側の都合だ。繁昌がしたくないと拒んでも、残念ながら聞き入れられない。

(この部屋は溜まり場だけど、おれのキンタマの精子は溜まるヒマがないな……)

などと、自虐的なことを思うこの頃である。

魅力的な女性たちと、後腐れなく情愛を交わせる現状が、どれだけ幸せなのかはわかっている。二十歳になるまで異性と交際した経験がなかったことを考えれば、今のほうがずっと恵まれているのだ。

但し恋人がいないのは、昔も今も変わらない。

(麻優ちゃんか綾花さんが、彼女になってくれないかなあ)

ふたりを交互に見て、そっとため息をこぼす。

もっとも、仮にそうなったら、他の三人とは何もできなくなるだろう。それを彼女たちが受け入れるとは思えないし、繁昌自身、恋人以外の誰かに誘惑された場合、拒める自信がなかった。

あれこれ考慮するに、今の状況が一番いいような気がしてくる。

大学を卒業したら団地を出るつもりでいたが、今は就職後もここに住み続けたいと思っている。四人とひとりの関係は永遠に続かないが、可能な限りこの部屋で、彼女たちと親密かつまったりした時間を過ごしたい。

誘いの声がかからないので、繁昌も漫画を読むことにした。彼の定位置は決まっていない。誰かがいないときはその場所か、あるいは女性たちのあいだに入り込む。

選んだ本を手に、繁昌は美保子の近くに足を進めた。

「あら、お帰りなさい」

気がついて、彼女が顔をあげる。「ただいま」と答えると、ジーンズのおしりがぷりぷりと揺すられた。

「ねえ、エッチする?」

色っぽい目で訊ねられ、繁昌はすかさず豊臀にむしゃぶりついた。

(了)

※本作品はフィクションです。作品内に登場する団体、
人物、地域等は実在のものとは関係ありません。

ぼくの部屋《へや》が人妻《ひとづま》の溜《た》まり場《ば》に

〈書き下ろし長編官能小説〉

2023年5月1日　初版第一刷発行

著者……………………………………………多加羽 亮

ブックデザイン…………………橋元浩明(sowhat.Inc.)

発行人………………………………………後藤明信

発行所…………………………………株式会社竹書房

〒102-0075　東京都千代田区三番町８－１

三番町東急ビル６F

email：info@takeshobo.co.jp

http://www.takeshobo.co.jp

印刷所…………………………中央精版印刷株式会社

定価はカバーに表示してあります。

落丁・乱丁があった場合は、furyo@takeshobo.co.jpまでメールにてお問い合わせ下さい。

本書は品質保持のため、予告なく変更や訂正を加える場合があります。